古典文學研究輯刊

三編

曾永義 主編

第1冊

〈三編〉總目

編輯部 編

莊子「技進於道」美學意義之探究

林翠雲 著

國家圖書館出版品預行編目資料

莊子「技進於道」美學意義之探究／林翠雲 著 — 初版 — 新北市：花木蘭文化出版社，2011〔民 100〕

目 2+122 面；19×26 公分

（古典文學研究輯刊 三編；第 1 冊）

ISBN：978-986-254-543-0（精裝）

1.（周）莊周 2. 學術思想 3. 美學

820.8 100014993

古典文學研究輯刊

三 編 第 一 冊 ISBN：978-986-254-543-0

莊子「技進於道」美學意義之探究

作　　者　林翠雲

主　　編　曾永義

總 編 輯　杜潔祥

出　　版　花木蘭文化出版社

發 行 所　花木蘭文化出版社

發 行 人　高小娟

聯絡地址　新北市永和區中正路五九五號七樓

　　　　　電話：02-2923-1455／傳眞：02-2923-1452

網　　址　http://www.huamulan.tw 信箱 sut81518@ms59.hinet.net

印　　刷　普羅文化出版廣告事業

初　　版　2011 年 9 月

定　　價　三編 30 冊（精裝）新台幣 48,000 元

〈三編〉總目

編輯部　編

《古典文學研究輯刊》三編　書目

文學思想與文論研究專輯

第 一 冊　林翠雲　莊子「技進於道」美學意義之探究

第 二 冊　廖啟宏　中國古典詩論中的寫實概念—以現代詮釋為研究進路

第 三 冊　陳沛淇　漢代詩騷情志批評研究

第 四 冊　賴亭融　他山之石——宇文所安及其唐詩研究

文學家與文學史研究專輯

第 五 冊　張嘉珊　太康英彥——三張詩文研究

第 六 冊　蕭義玲　理想情懷、現實頓挫與超越企求——陳子昂的書寫歷程與文學史意義

第 七 冊　柯萬成　韓愈與唐代文化論叢

第 八 冊　謝玉玲　宋濂的道學與文論

第 九 冊　謝惠懿　楊萬里《天問天對解》研究

第 十 冊　邱美珍　袁中道研究

第十一冊　黃明理　「晚明文人」型態之研究

古典小說研究專輯

第十二冊　林雪鈴　唐代文人神仙書寫研究

第十三冊　王怡斐　宋代文言小說中女性群像之探究

第十四冊　林溫芳　宋傳奇「人鬼戀」研究

第十五冊　廖文麗　古典小說虛實研究——以《三國演義》為例

《古典文學研究輯刊》三編
各書作者簡介・提要・目次

第一冊　莊子「技進於道」美學意義之探究

作者簡介

林翠雲，文藻外語學院應用華語文系專任講師，中央大學中國文學研究所碩士、國立藝術學院（今台北藝術大學）美術史研究所碩士。近年致力於華語數位學習教材開發及研究，代表作品爲「華語 e 起來」，首創臺灣華語教學播客（Podcast）系統。學術論文散見於《臺灣華語教學》、《中原華語文學報》等期刊。

提　要

基於莊子「寓修道於技藝」的本懷，以及此本懷對於後世藝術創作與理念發生深刻的影響，引發我們反省莊子思想中可能蘊涵的藝術哲學，這個藝術哲學可以標舉爲「技進於道」。我們採取「由藝而道」的研究進路，從藝術活動的各個脈絡中，包括藝術創作、作品形成、讀者詮釋、作品完成時，來具體地探究莊子思想中，技藝與道之間的關係，從而瞭解莊子對於藝術的特殊理解。

本論文的研究內容可分爲總論及分論二大部分。總論所探討的是「道」與「藝」的類比關係以及本質關係。分論部分則有三點：1、創作過程與修道歷程的關涉；2、詮釋原則與體道原理的關涉；3、莊子藝術哲學在創作中可能的體現－以繪畫中「遠」與「空白」的藝術現象作爲具體範例。研究的結果，我們發現，莊子「技進於道」之藝術哲學顯示，藝術之最高根據爲道，而其意義表現在：1、藝術家的主體修養工夫，表現道之工夫義；2、創作、解釋主體的藝術心靈，表現道之精神義；3、作品的「道境」爲「至美」的具現，表現道之境界義。處於藝術活動之關鍵地位者爲「藝術心靈」，此精神主體爲一切藝術活動之形上依據。而此種藝術精神之觀念也是莊子藝術哲學的核心。總之，能夠具現「道」的藝術，才符合莊子理想中的藝術，而欲達此理想，其樞紐則在於主體之藝術心靈的培養，此與莊子道論中最重視工夫論實相一致。同理可知，「技進於道」所以可能也就在於，「技」必須具備此種可通契於形上精神的特性。

目　次

第二冊　中國古典詩論中的寫實概念——以現代詮釋爲研究進路

作者簡介

廖啓宏，臺北市人，國立中央大學中國文學博士。大學教師。研究專長以古典詩學及當代文學理論爲主，古典詩集、現代散文亦曾獲教育部文藝創作獎。另有短篇小說、書評等散見報章雜誌。

提　要

就文學研究來說，文學理論、文學批評和文學史乃是其中主要的範疇。當這些範疇都論及寫實詩歌時，它們的存在便獲得了證明；而作爲一個「典型」研究者／讀者，則應深入該論題的語境，對其重要性和存在樣式提出解釋。

中國藝術雖自古即有寫實的元素，但它卻與西方「寫實主義」的涵蘊略有差異。故本文將之區分爲「（西方）寫實主義傳統」、「寫實概念傳統／概念系統」以利探討。另外，儘管論者屢稱中國文學的榮采多在抒情（小詩）傳統；不過，受到壓抑的敘事傳統仍值得關注。從西方文學的統緒來看，史詩（Epic）、戲劇與小說可謂血脈相連，敘事（長篇）更被視爲寫實的充分條件。中國的寫實詩歌裏當然不乏敘事佳作，但它們無關 Epic——無論是解作史詩、故事詩或敘事長詩——，且不勞冗長地鋪述文字來營造寫實效果。凡此思維亦反映在相關的現代批評上。故按其呈現的性質趨向，本文二、三章即以「摹形寫實」、「諷諭寫實」之名整合兩大類批評資料，分別進行研究。

而對「寫實論題」中詩論涉及的「出位之思」（藝術門類間跳出本位的企圖）——『摹形』指向繪畫，『諷諭』指向小說——，本文也將在第四章予以廓清。接著，再從後設層面省察中國文學批評加諸「寫實主義」的種種誤讀與誤判。至於本文的詮釋效力，和研究上可能的限制、發展性等問題，則在終章一併檢討，以期爲「中國古典詩論中的寫實概念」提出可受檢驗的闡釋。

目 次

第三冊　漢代詩騷情志批評研究

作者簡介

陳沛淇，1974 年生，私立南華大學文學研究所碩士班畢業、國立東華大學中國語文學系博士班畢業。著有碩士學位論文《日治時期新詩的現代性符號探尋》、博士學位論文《漢代詩騷情志批評研究》。

提　要

本文從顏崑陽先生構想的情志批評型態出發，並以漢代詩騷文學作爲主要研究對象。通過分析討論之後，我們在情志批評的次型態之下，又區分出幾種次次類型。情志批評型態可以區分爲讀者情志取向的次類型與作者情志取向的次類型。此一層級的區分，是以批評者初始之時有無預設批評之目標對象（即「作者」）爲準。這種判分標準不是絕對的，只是傾向程度的多寡而已。即使是斷章取義，亦不可能完全與詩文之原生義與原生作者無關，在某些時候，前者的趣味與深意，正好就建立在與詩文之原生義和原生作者的對抗性、互補性或衍生性之上。而就作者情志取向的情志批評次型態而言，讀解者自身的情志因素也不可能摒除於批評活動之外。就文學史的現象來看，作者情志取向的情志批評次型態可以說是漢代文學批評的大宗，而又以東漢時期最爲發達。我們依批評者對作者想像方式的不同，於此次型態下再區分出三種類型：將作者想像爲理想人的類型、將作者想像爲範型人的類型，以及將作者想像爲交感人的類型。

情志是一種處於複雜交際網絡裡的靈活運動之意向。一談情志，就會和主體之身體知覺與心理活動、能構成各種情境的外在世界同時關連。所以，情志批評並不是情意批評，也不是言志批評，它是關乎存在者之存在表現的批評。批評的方式，不是透過在作品語言內部發掘批評者認同或不認同的元素來進行，而是從作品語言外部向作品語言內部提問，從作品語言外部的關係網落看到作品內部語言網絡的折射落點。同時，圍繞著寫作主體與閱讀主體所產生的種種問題，永遠是這類批評所關心的重點。這正是作爲中國古典二大批評型態之一的情志批評，與西方文學批評相異之處。

目　次

第四冊　他山之石——宇文所安及其唐詩研究

作者簡介

賴亭融，台灣省雲林縣人，一九七八年生。屏東師範學院語教系畢業，輔修英語教學，國立雲林科技大學漢學所碩士班畢業。曾任雲林縣英語教師，具有多年英語教學與帶班經驗，現任台中市國小教師，定居台中市。碩士論文《他山之石——宇文所安及其唐詩研究》。研究所期間，蒙李師哲賢指導，得一窺美國漢學的浩瀚領域，雖目前投身於教育界，仍希望有朝一日能繼續美國漢學的研究。

提　要

宇文所安是美國哈佛大學中國文學與比較文學教授，乃當代美國著名的中國古典文學專家，亦是兼具唐詩研究、比較文學與文學批評等長才於一身的美國漢學家。他精通中西文學理論、唐詩研究、詩歌流派與批評等，擅長翻譯、評論並撰寫中國古典文學、文論作品，成果豐碩，因此，在美國漢學界深具影響力。雖然，其作品流傳廣遠，甚至有多本著作被譯成中文，然而，有關宇文所安之唐詩研究方面，國內至今並未見有完整而深入之探討，因而，本論文乃針對其唐詩研究之作品與單篇論文作一完整剖析，盼能更完整呈現宇文所安的唐詩研究之成果；俾能爲國內的唐詩研究提供一種新的視野，此乃本論文主要研究目的。

宇文所安採用詩歌流變史，認爲「宮廷詩」貫穿整個初唐詩壇，並提出盛唐詩是由一種「都城詩」現象所主宰，詩人在詩中融入個人情感，成爲具有個人風格的詩人。此外，宇文所安十分注重從文本內部來探索作品的內涵，通過細讀法，對文學作品作詳盡的分析。他的唐詩研究方法雖然繁多，但也試圖突破和超越自己原來的批評模式，不囿於方法學的限制，靈活運用，實在是中西文化理論的融合。

目　次

第五冊　太康英彥——三張詩文研究

作者簡介

張嘉珊，1979 年生，國立中興大學中文系學士、國立中央大學中文所碩士，現爲國立臺灣師範大學國文研究所博士生。2007 年起曾任世新大學中文系、國立臺北護理健康大學通識中心國文教學組兼任講師，教授大一國文、敘事文學選讀等課程。主要研究領域爲六朝文學，近年亦多關懷家族、區域、物質文明等文化研究論題。曾參與合著《臺灣人文采風錄》及《文言文典源詞典》二書，並發表數篇六朝及古典文學專題論文。本書係增改自其完成於 2006 年之碩士論文《太康英彥　三張詩文研究》。

提　要

本論文以西晉太康時期之「三張」——張華、張載與張協及其詩文爲討論之範疇。

文學創作會受時代風尚、個人才氣學習與生平際遇而有所影響，三張都是素族出身，但由於其所處時代有所先後，因而其際遇有得以主導文擅與壯志難伸的分別，其詩文中也透顯出這樣的特殊情感。

本論文研究詩人之詩歌與文章，主要分別依其「內容題材」與「藝術特色」爲析論重點進行開展。張華處於魏末晉初的時代，對於轉變建安、正始詩風而型塑西晉詩壇「重情縟采」的創作風格有不可磨滅的貢獻，實於西晉文風有主導的地位，其「求新尙麗」、「尙清省」與「先情後辭」的文學觀，對太康詩人有著重大的影響；張載作品較少，史書記載其「才通經史」，曾著《晉書》，其尤善擬古作品，如〈七哀詩〉與〈擬四愁詩〉等，本文中亦將其詩與原詩及歷代擬詩作了比較，以襯顯其創作風格。一般說來，張載詩文與太康眾作稍有不同，大體呈現「質實凝重」的藝術特色，也具體展現太康文壇另一獨有風貌。張協所處時期是西晉詩文的成熟期，《詩品》將其詩歌列爲上品，標舉其詩文擅於「巧構形似之言」，其創作注重「情景交融」、「音韻儷對」與「運用典故」等技巧，體物細膩入微而能臻至「神似」的境界，可說是西晉文壇的藝術高峰，對於後代詩文創作技巧影響極爲深遠。

末章以「三張之比較及其價值影響」作爲全文之收束。此章以三張之「生平經歷」與「詩文創作」作爲三人比較之重心，在生平經歷方面，以三人之「出身及性格」、「際遇與交遊」作爲論述之要；在詩文創作方面，以「文學觀念之新變與發展」、「詩文創作類型之異同」、「綺靡工巧風格之展現」與「詩文哲思與人生實踐」四方面爲主軸，以較爲全面的觀點概觀析論三人生平與詩文之異同，冀以體現三張獨到之特色。「價值與影響」一節則彰顯三張詩文在時代中的特殊價值，及其對後世產生的深遠影響。

目　次

第六冊　理想情懷、現實頓挫與超越企求——陳子昂的書寫歷程與文學史意義

作者簡介

蕭義玲，國立台灣師範大學國文研究所博士班畢業，現任教於中正大學中文系。學術興趣在以「存在」命題展開的文人生命樣態之研究。近年研究重心聚焦於現代，以現代性的相關課題，如愛慾、自然、暴力、家園……等，深化對「存在」課題的思索，從古典到現代，希望以對「存在」的關切，深入於對藝術創作之根源探問中。

提　要

中國詩人有一鮮明特點：在濟世理想所展開的人我關係中，一生奮鬥目標實在「政治」而非「文學」。然值得注意的卻是，他們雖然明確地表明了「政治」作爲個人奮鬥的最高標的，但是，都在遭遇同樣的生命困局：不爲君用、濟世無門。然在仕途多舛的政治際遇中，又一約而同地以「文學」成就了他們在歷史上的地位。從這個現象出發，本書對詩人的政治理想、現實

遭遇，與文學成就之間的關係有莫大興趣，希望層求一條有意義的詮釋途徑，將之間的關係揭櫫出來。以上是就中國詩人的重要「共相」而言，但不能忽略的，所以有此「共相」，實是由每個在現實上遭遇挫敗的詩人所寫就的。因此，隱藏在這個「共相」下的，是每個詩人的「個別」生命遭遇——不論任何人，皆必須在生命困局中返身回來面對自己。因此，爲詳細勾勒一條政治理想、現實遭遇，與文學成就之關係線索，本文選擇了初唐代表詩人陳子昂，希望藉著「人格」與「風格」兩條線索，從「超越的企求」中，呈現中國文化的一個重要向度。此外，透過對「人格」與「風格」之關係探討，本書希望可以更深刻地掌握陳子昂在文學史上的意義，以尋找到一個「更貼近」於陳子昂本身的立體面目，最後，亦希望透過論述的展開，提供一條古代詩人研究的詮釋路徑。

目　次

第七冊　韓愈與唐代文化論叢

作者簡介

柯萬成（1947-）字慕韓。廣東省中山縣人。臺灣師範大學文學士，香港新亞研究所文學碩士、文學博士。曾任台港澳三地中學教員十一年。中年，始奮發攻讀研究所，因親炙大師，得受薰陶，識見遂開，慨然乃知學問之廣大，與師師傳道之恩義。博士畢業後，1989 年後來臺，先後任職於靜宜大學中文系及雲林科技大學漢學資料整理研究所。專長爲：文章學、文體學、韓學（愈）、唐詩學、史記學。著作有：《韓愈詩研究》、《韓愈古文新論》、《屏東縣內埔鄉昌黎祠沿革志》、《法門寺佛骨考》等；所發表的學術論文及詩聯文章，凡四百餘篇。

提　要

本書是作者的論文集，整體地呈現了作者 30 年的研究成果。

作者以韓愈爲研究對象，通過唐代的文化、宗教、律法等面向以見其思想與行跡，以展示研究的新貌。

史載：韓愈主持風雅、以道自任。這是韓愈的志節大行。晚年，他參與平淮西、諫佛骨、貶潮州、上謝表，每一事都體現出其忠臣直節。而治潮八月，馨香百世，更贏得了潮人的回報，時至今日，臺灣的韓文公祠香火鼎盛，這說明了，韓愈還活在今人的思念裡。

本集共收論文 17 篇，討論的多爲韓愈晚年的事蹟，影響及於一生的定位的事件。分爲五編，佛老文化、忠諫感格、存神過化、師道友情，另附論爲史記人物研究，作者不但細筆句勒，而且大筆淋漓，寫出了偉大的韓文公形象，提出了新見，以供學界參酌。

目　次

第八冊　宋濂的道學與文論

作者簡介

謝玉玲，臺灣苗栗人，國立中正大學中文研究所博士，現為國立臺灣海洋大學通識教育中心專任助理教授。著有《空間與意象的交融——海洋文學研究論述》、《土地與生活的交響詩——臺灣地區客語聯章體歌謠研究》，主編《臺灣現代海洋文選》，以及〈儒教聖殿的無盡追尋　論《野叟曝言》中的排佛書寫〉、〈宋濂之傳記文探析——以《浦陽人物記》為考察重心〉、〈宋濂詩歌中的人物形塑〉等學術論文數篇。主要研究方向為元明清文學、海洋文學、客家文學，尤重於空間意象、敘事類型等課題之研究。

提　要

宋濂（1310～1381）被譽爲明朝「開國文臣之首」，其前半生在元朝渡過，五十歲正式仕明，宋濂經歷這種世變的過程，其詩文大多脫去元末纖穠浮豔之習，對當代文風影響甚鉅。在學術的演進過程中，就狹義層面而言，如從思想與文學層次觀之，「變」可說是一種直線對應式的完成，即上有所承到下開新局，其中亦有橫向的變與不變之間標準的衡量。若從廣義層面來看，朝代的更迭是「變」，在歷史與時間的座標上，可視爲影響價值觀轉化的重要推手，同時亦可作爲文化層面的一種檢視，尤其是知識分子如何看待政治變局，進而反省世情變遷對個人主體安身立命分際之掌握與影響。宋濂因身處在元明易代之際這種特殊的世變時空環境，因此知識分子的生命體驗與傳統文化價值產生的互動，就顯得格外有意義。

本篇論文以宋濂爲研究對象，並以《宋濂全集》與相關宋濂作品爲研究範圍，以「道學」和「文論」爲兩個重要的軸心，歷代學者對此「文」與「道」之間的互涉關係有相當多的討論，在此範疇中，本文的研究重心試圖透過對宋濂道學思想的釐清與文學理路的梳理，證明宋濂在其屢言不朽之文背後價值觀「道」的確立，同時文章意義與價值不僅僅屬於文學層次的論述，更是立身處世的標準，因而吾等可進以深究其中曲折深處的思想轉折與變化。雖然許多文學史對明代初期的文章發展評價不高，然筆者以爲，對於被視爲足以轉變當代學術風氣的指標型學者而言，給予適當詳實的評價與定位，有其必要性，明初的宋濂即是如此。

因此本篇論文從敘述釐析宋濂的生平事蹟，元末明初之際師友互動的情況，以及時代環境對其所造成的影響爲出發，進而探究宋濂的道學思想特質與浙東學術發展的關係脈絡，希望藉此尋得宋濂思想的特質，並作爲探究他文學理路發展的根據。其次是探討宋濂文論的內涵架構與法則，並透過宋濂個人對詩文作品鑑賞的態度和法則，檢視宋濂的道學如何影響其文論的建立。同時透過分析宋濂的詩文作品，驗證其理論，若合乎道才取之爲用，將如何落實在實際的創作層面上？同時道學與文學究竟如何交流？嘗試爲宋濂在思想與文學的互動層面上，找尋一個較爲適切的位置。

目　次

第九冊　楊萬里《天問天對解》研究

作者簡介

謝惠懿，1969 年 4 月 8 日生，輔仁大學中國文學系畢業，並爲佛光大學文學所碩士。目前已婚，育有一子，並任教於光仁中學。

擔任教職迄今業已十七載。在教，然後知不足的情況下，於是選擇在職進修，雖然辛苦，但卻是求學的歷程中最大的收穫！感謝恩師陳煒舜的提攜，他不僅是一位學問淵博的經師，更是一位和藹可親的人師，使我不只在學問上的累積，更是我生活上的典範！

由於恩師的鼓勵和肯定，以及潘美月老師所給予的機會，使我有這次出版的榮幸，一切感激，點滴在心！並期許自己也要昂首闊步迎未來，邁向卓越上巔峰！

提　要

楊萬里爲南宋中興四大詩人之一，其獨創的「誠齋體」，對後世有著深切的影響。關於誠齋體的研究不勝枚舉，其詩名也愈益顯揚，相對之下，其他文體的作品更湮沒在盛名的牽累中。楊萬里的詩作高達二萬餘首，是宋代的多產作家，而現存仍約有四千多首，數量冠於其他作品。然尚有其他著作，包括詞、賦及各散文，研究者寥寥可數，實爲可惜。

楊萬里的《誠齋易傳》是其易學代表作，相關哲學著作除此之外，尚有《庸言》和《天問天對解》。令人歎惋的是，後人對《天問天對解》的看法多泅游在哲學的思想中。千古以前，屈原的〈天問〉被視爲是《楚辭》作品中富於思想但文學價值最低，而柳宗元的〈天對〉後人又因文字艱澀古奧而不明文義，更遑論對其文學價值的探討。而楊萬里的《天問天對解》則是對〈天問〉和〈天對〉加以注解，從〈天問〉的角度詮釋著〈天對〉的意蘊，又從〈天對〉的理解中，去深思〈天問〉的問題。如此豐富的思維，易使人忽略其作爲一個文學家的特質，故本論文特出於思想性的探討之外，更不揣淺陋地從文本析論其文學價值和特色，冀使人能褪去舊有的僵化思維，對於《天問天對解》能有嶄新認識。

《天問天對解》並沒有確切寫作年代，故筆者通過對楊萬里生平及經歷的了解，以及其理學思維、文學思想的呈現，以便知其對《楚辭》或屈原，還有對柳宗元的理解和認知。再結合外在環境因素的探討，包括政治、書院制度、當代思潮、社會經濟和文學發展的面向，並進一步深入其內在的心境，以和屈原、柳宗元心靈契合，藉此經緯交織成網，以尋繹出較可能的寫作年代。接著，從文本析論其訓解方式，從而歸納出和〈天問〉、〈天對〉的關係。尤其宋代對於楚辭學的態度，從洪興祖的《楚辭補注》到朱熹的《楚辭集注》，正是當代治學的轉變：從考據走到義理。而從楊萬里的《天問天對解》的訓解方式，可知正是此過渡期的表現。

《天問天對解》雖名之爲解，形式彷彿單調，但因楊萬里能在流暢的文字中，形成自己的語言風格，在繼承前人的過程也有創發，使《天問天對解》變得靈活有致，而不拘泥在死板的注解中，這也是《天問天對解》的特色。接著，就其價值和對後世可能的影響加以探討，使對整篇論文有較完整的了解。

自古以來，注解〈天問〉的作品多不勝數，然對〈天對〉的注解，除了柳宗元的自注外，能與〈天問〉相互對應而有系統的注解，誠屬楊萬里《天問天對解》之作，故稱之爲第一人亦實至名歸，這是他對〈天問〉和〈天對〉最大的貢獻，保存可貴的史料，且對於後人的研究有一定的影響。故本論文在有限的古籍資料中，對《天問天對解》在傳播與接受方面作一初淺的探討，盼能使楊萬里在「誠齋體」的盛名中，也能發現其他作品的豐富性。同時，也冀望能在固有思維模式中，除在哲學領域中蜻蜓點水的認識《天問天對解》之外，能更深一層地了解其所具有的文學價值和特色。

目　次

第十冊　袁中道研究

作者簡介

邱美珍，1965 年生，逢甲大學中國文學研究所碩士，現任教於弘光科技大學。

提　要

袁中道，字小修，晚明文學流派「公安派」主要成員袁氏三兄弟中之季弟。

晚明以李夢楊、何景明及以王世貞、李攀龍爲首之「前、後七子」，主張「文必秦漢，詩必盛唐」，造成文壇充斥著一片貴古賤今、復古擬古的論調，更漸次出現「模擬剽竊」、「而失其眞」的亂象。其間雖有歸有光、唐順之等「唐宋派」起而抗爭，然不足以矯其流弊。直至「公安派」興起，方能與之抗衡。湖廣公安袁氏三兄弟——袁宗道、袁宏道、袁中道，深受李贄「童心說」及心學、佛禪等影響，詩文創作主張要獨抒性靈，追求韻趣，求眞求變。然而，務必矯枉，不惜過正的主張，讓後學者不免流於俚率淺俗，遭受不學無術之譏，最後終被鍾惺、譚元春爲首的「竟陵派」取而代之。

歷來研究「公安派」者，主力多半集中在主將袁宏道身上。關於長兄袁宗道固然因爲流傳的作品不多，較難獨立研究，但是，袁中道則不然，一來，他的著作是三袁之中最多的，其中保留了許多研究「公安派」的一手資料；而他的日記——《遊居錄》，十年的生活紀錄，更是具體了解晚明文人生活的參考資料。二來，袁中道因爲生年較晚、年壽較長，是一般所謂「公安派」的修正者，透過他的角度，較能具體掌握晚明文壇文學流派更迭，文學主張轉變的過程，以及影響它演變發展的主客觀因素。是以不論就作品或文學主張而言，全面且深入的研究袁中道，有其必要性與價值，這也是本論文研究重點所在。

目 次

第十一冊　「晚明文人」型態之研究

作者簡介

黃明理，臺灣彰化人，臺灣師範大學文學博士，現職國文系專任教授。親炙龔鵬程先生，以傳統文人型態考察爲研究重點，撰有《「晚明文人」型態之研究》、《范氏義莊與范仲淹——關於范仲淹的儒學史地位的討論》、《儒者歸有光析論——以應舉爲考察核心》。旁涉書法學，致力於基礎寫字教育，撰有〈左書左字論〉、〈基本筆形再認識〉等文及歷代名碑帖硬筆臨寫系列。

提　要

本論文以晚明新興文人爲研究對象，在關注中國文人階層發展的前提下，提出「文人型態」的概念，將晚明新興文人視爲一種型態之文人，名之曰「晚明文人」。「晚明文人」爲宋文化普及過程之結果，其型態特徵爲：重情而近於縱慾，唯美而至於虛矯，遠紹東坡之豪放灑脫，近承陽明之解粘去縛，嚮往豪俠之人格形象、閒適之生活境界；因受明末江南文藝消費社會之供養，故充滿庶民通俗之氣息，別於身屬廟堂心繫家國之士大夫文人。

論文首章除說明議題與研究動機外，重在釐清「晚明文人」之指涉，確立詞彙意義，以澄清前人使用此詞時依違於「晚明時期之文人」與「晚明新興文人」之含混。第二、三兩章探析「晚明文人」生成之故，前者著重社會環境，指出晚明文壇獨立於政壇之外，有一文藝消費社會相支持，得以提供無緣或無意從政之文人更多生存空間。後者則著重文化思想，上溯北宋難以彌縫之洛學、蜀學，以程頤、蘇軾之爭爲論述核心，鋪陳其寖假而爲道學與文人兩大陣營之文化發展脈絡，下逮明代中葉道學內部之修正，陽明心學使道學更形普及，而致良知教卻也對文人論述人生與文藝主張，多有資助。二者匯聚，故有「晚明文人」之崛起。第五章描述「晚明文人」之生活，概括其特徵，檢視其嚮往與實際生活之差距，第六章結論施以總體之評價。

目　次

第十二冊　唐代文人神仙書寫研究

作者簡介

林雪鈴，1975 年生，中正大學中國文學研究所博士，現任文藻外語學院應用華語文系助理教授，主要研究領域爲唐代文學、宗教文學、華語文教學。著有《唐詩中的女冠》及〈宗教與非宗教的共構：論神仙文學之創作〉、〈唐代官場道教文化側記——李商隱黃籙齋文撰作時間與對象考述〉、〈青女神話之流傳異變與原始面貌探論〉、〈原始生命觀的四個面向及其神話〉等論文。

提　要

文人神仙書寫的演進，可說是宗教思維透過知識份子的自覺跨越與主體創造，逐漸轉化出人文意義的歷程。本書嘗試論證，唐代在此一歷程中具有特殊地位。文中首先梳理文人神仙書寫的整體內涵以爲立論基礎，探討面向包括：神仙思維的起源與特性、從宗教思維到著落爲文學形式、歷史發展的源流、典型的確立等；其次分析唐代宗教文化環境及文人神仙觀的變化，認爲由於宗教神聖性鬆動、追新求變的文化、理性人文的思潮、道教發展的轉型等轉變影響，遂使神仙思想趨向於生活化、世俗化，神仙因而成爲介於虛構與眞實之間的創作素材，文人因而更能自由的透過想像、遊戲、信仰等不同情態，實現神仙書寫所具有的跨越與主體創造特質。唐代豐富多元的文人神仙書寫面貌，便是在這樣的背景中發展出來。此一現象在十五位具有代表性的作家作品中得到印證。這些創作主要表現出主體參與、神聖性鬆動、遊戲心理三大特色，並且呈現與社會文化背景相連動的階段性發展脈絡，顯示神仙確爲心靈願望的寄託，神仙書寫確爲以創作抒發主體存在意識的窗口，由於神仙與文人書寫均具有探求超越性理想的本質，彼此相應，遂打造出一條檢視人文的獨特道路。論文的最後嘗試討論個人主體意識與宗教素材在創作活動中所對顯出的聖、俗抗衡特質，以及唐代文人神仙書寫世俗化所帶來的美學效應。

目 次

第十三冊　宋代文言小說中女性群像之探究

作者簡介

王怡斐，1978 年生，台北人。台灣師範大學國文系、台灣大學中文研究所畢業。從事教職是自小的志向，曾任職及人中學，現任教於三重商工。

提　要

本論文透過宋代文言小說女性群像之探究，掘發出其在承繼唐人小說之外，有別於唐代小說的獨特時代風貌，同時也印證了文言小說「市井化」的特色，及其對話本小說的影響與開啓作用。凡此，均說明了宋代文言小說在中國小說史上的地位與意義。

在研究方法方面，本論文採用第一手資料，以文本細讀的方式，結合宋代婦女、歷史、文化、思想等各方面相關研究成果，分析小說中女性形貌、心理、人格，及女性面對個人生命遭遇、時代特殊文化背景，所呈現的生命姿態。同時以女性主義文學理論的「女性形象」批評及敘事理論，來探討宋代小說家敘事策略背後，所蘊涵的男性意識和文化意蘊。

關於宋代文言小說中的人間女性，宋人描繪「權威者身旁的女性」，刻意突出后妃淫蕩、妒悍的形象，及后妃間權、色欲望的激烈爭奪，含有反諷帝王荒淫亂政的歷史訓誡意涵。「獨立人格的女性」，是宋人小說中一群精彩而鮮明的女性群像，在平民或下階層女性身上，皆可見到她們自我省覺、昂揚奮進的獨立人格精神。宋代小說家除了注重女性情、色、才的特質外，也進一步掘發了女性內在之德行與智慧。此外，妒妻淫婦的內心世界曲折、複雜，也有令人同情之處；節婦烈女的節烈行爲，可以視爲她們自明心志的一種表現方式。宋代俠女涉足社會場域，展現俠義愛國意識；而身懷特殊絕技和異能的奇婦異女，或以奇幻之術取悅男性，或以非凡的技藝戲耍、降服男性。

宋代文言小說中的他界女性，皆有相異於前代的突出特色。就女仙（神）而言，女仙（神）形象在知識學問與文藝才華等內在精神層次的深化，頗有文藝化、文人化的傾向。小說中的女鬼，則承載了亂世與命運的苦難烙印，並對昏庸帝王提出沈痛的控訴；在人鬼間的愛恨情仇糾葛中，突顯出女鬼重情重義，積極追求自由婚戀，以及亡而復生尋求人倫情理認同的渴望，而「復仇女鬼」之「殺人償命」的堅決復仇形象，亦透露了宋代市民階層的果報觀念。在女妖形象的塑造上，除了人性化的特色外，進一步賦予了女妖治理家務的賢婦形象，以及滲透了理性思維的「以理制情」女妖形象。

在女性形象構設手法與意義部分，宋人已能有效運用不同敘事視角來補足、深化女性形象。男性作家對女性形貌的描寫，也反映了他們對女性身體的欲望與規訓。人物語言之驛壁題書的獨白方式，展現出女性普遍而深厚的精神苦痛；而大篇幅的人物對話中，則呈現女性當下細膩的心理變化。此外，在宋人勸懲觀念的影響下，小說議論對於文本敘述之女性形象，則顯然有弱化或強化的作用。

目　次

第十四冊　宋傳奇「人鬼戀」研究

作者簡介

林溫芳，台灣台南人。曾任職出版社叢書編輯、電子報特約編譯，並曾任教於國、高中。目前為文字工作者、中國文化大學中國文學系博士研究生。

提 要

宋傳奇上承唐代傳奇，下開明清文言小說，是中國文言小說演進歷程中不可或缺的一環。至於人鬼戀類型的故事，雖不乏研究者，然選材多集中於六朝志怪、唐傳奇及明清小說，宋代傳奇小說相關研究則付之闕如。本文試圖據此作全面且周延的探究，以彌補人鬼戀故事研究的斷層。

全文分六章。首先，討論宋傳奇人鬼戀之創作背景，及回顧前代相關故事的發展，冀全面瞭解現實社會對人鬼戀故事的影響。其次，將宋傳奇人鬼戀分為「兩情相悅」、「癡鬼單戀」、「貪慾尋歡」及「負心復仇」四大類，冀藉此四種歸納類型，凸顯宋傳奇人鬼戀之特色與殊處。接著，論述宋傳奇人鬼戀所反映之思想與特色。再者，探討宋傳奇人鬼戀之藝術手法，以明瞭此類小說在技巧上的傳承創新及藝術成就。最後，說明宋傳奇人鬼戀受制於時代背景所造成之侷限並歸結其對後世之影響。

每個朝代各有其特殊的時代背景與社會文化，類似的故事所呈現的旨趣與思想意涵自亦有別。人鬼戀故事是怪誕不經的幻想，是跨越陰陽的情緣，牽繫陽世與幽冥的靈魂。宋傳奇人鬼戀結合旖旎的戀情和冷酷的世態，透過作家的筆端，傳達出時代精神。所以故事中的人鬼戀情正如同世間男女的愛情，在充滿悲歡離合的癡迷裡，尋求慰藉與眞愛；同時，又揭露時人對情慾的態度，反映出當時的社會文化、思想等實況。

目 次

第十五冊　古典小說虛實研究——以《三國演義》爲例

作者簡介

姓名：廖文麗

學歷：國立臺灣師範大學國文研究所碩士，現任國立竹北高中教師

作品：單篇論文：

1994「《詩・魏風》的內涵與藝術表現」,《第一屆經學學術討論會論文》

2001「金聖歎小說評點中之虛實論」,《春風煦學集》里仁出版社

現代詩文:

1989 年耕莘第廿四屆暑期寫作班文學獎新詩組第三名

1990 年臺灣師大現代文學師鐸獎散文組第一名、新詩組第三名

1997 年聯合報副刊「動物與我」徵文第三名

1997 年年新竹縣立文化中心第一屆竹風散文獎第二名

1997 年台北市政府母親節徵文成人組佳作

2001 年「吳濁流文藝獎」散文類佳作

2003 年「竹塹文學獎」散文類貳獎

2004 年「吳濁流文藝獎」散文類佳作

2004 年「竹塹文學獎」散文類佳作

提 要

古典小說虛實論,無疑是小說理論的重要課題,其不僅關乎小說創作技巧的前進,更有許多細膩豐富的內涵。而歷代對虛實論的反覆辯證,更形成虛實論的演進思潮。故本論文以古典小說虛實論爲研究題材,並以兼具題材虛實與創作技巧虛實的《三國演義》爲舉例對象。共分六章:

第一章緒論。探討虛實論之源起、文藝理論中之虛實論。並說明研究動機、研究範疇、研究方法等。

第二章小說虛實論之演進。共分五節:魏晉、唐代、宋元、明清、小結。探討虛實論演進之思潮脈絡。

第三章題材、結構、人物虛實論之釐定。共分三節:題材虛實論、結構虛實論、人物虛實論。以金聖嘆、毛宗崗、張竹坡、脂硯齋的小說評點理論爲整理對象,對題材、結構、人物的虛實運用作檢討,並建構理論,作爲剖析《三國演義》的判準。

第四章《三國演義》虛實論之詮評。討論《三國演義》的創作思想以及其對題材、結構、人物虛實的運用。此章是以作品爲解析對象,探討《三國演義》中虛實運用之優缺。屬現象方面的詮解。

第五章古典小說虛實論之價值。共分二節:討論虛實的構成原則、虛實論之作用。是對虛實論作總的評價。屬於本體論方面的探討。

第六章結論。透過「縱向——小說虛實論發展史的澄清」、「中心論題——小說虛實論的建構」、「橫向——小說虛實論的運用」、「本體——小說虛實論的構成原則」等方面的探討，虛實論不僅成爲小說理論史的範疇，更是小說創作論的鎖鑰，小說審美鑑賞論的核心。

目 次

第十六冊　《三言二拍一型》之戒淫故事研究

作者簡介

馮翠珍

【學 歷】：中國文化大學中國文學研究所博士班　博士候選人

【現 職】：2000/08～至今亞太創意技術學院（原親民技術學院）數位媒體設計系／通識教育中心藝文組　合聘講師，資策會培訓智財權種子教師

【專長領域】：民間文學、通俗文學、影視配音、廣電節目企劃、劇本寫作

【著作】：大學國文選　與汪淑珍等人合著
台灣印象——台灣文學中的地區風采　與汪淑珍等人合著　新文京出版社
茶文化與生活　與汪淑珍等人合著　新文京出版社
舞台劇劇本〈夢之神〉
客家廣播劇〈蟾蜍皇帝〉、〈問三不問四〉、〈蟾蜍皇帝〉等廣播劇劇本
新住民廣播劇〈杜鵑的故事〉、〈石生的故事〉、〈沙狗的故事〉等廣播劇劇本
原住民舞台劇、廣播劇〈達印變鷹〉、〈人變猴子〉、〈狗啃骨頭〉、〈雷女〉、〈穿山甲的故事〉等劇本
2010 台電公司「全國電力溝通宣導」巡迴座談會宣導短劇「省電人生——補教版」編導

提　要

本論文以明末馮夢龍著之「三言」（《古今小說》、《警世通言》、《醒世恆言》）；凌濛初著之「二拍」（《拍案驚奇》、《二刻拍案驚奇》）；及陸人龍著《型

世言》等，六部通俗文學中之戒淫故事爲研究重心。「三言二拍一型」中各含四十則白話短篇小說，合計二百四十篇作品；其中戒淫故事五十六則。

論文之第一章爲〈緒篇〉，主要針對研究動機與目的、研究方法及材料作一說明：第二章則依序介紹各書中之戒淫故事，並整理其可能來源；第三章由不同角度分析戒淫故事的內容；第四章側重於介紹戒淫故事之寫作技巧；第五章則將戒淫故事與明末社會關係作一分析整理；第六章爲結論，整理歸納論文中各項論點。

目　次

第十七、十八冊　《西遊記》及其三本續書研究

作者簡介

翁小芬，1970 年出生，台灣省嘉義縣人，現職修平技術學院國文教師。取得台灣東海大學中國文學學士、碩士，以及香港珠海大學中國文學博士。研究領域以小說爲主，涵蓋現代小說及古典小說，著有碩論《鍾理和及其《笠山農場》寫作研究》、博論《《西遊記》及其三本續書研究》、單篇論文〈噶瑪蘭的燭光——陳五福醫師傳評介〉、〈道教養生思想與現代社會人文素養〉、〈論鍾理和農民文學的寫作風格〉等。

提　要

《西遊記》以唐玄奘西行取經的史實爲基礎，歷經長時間的神化演繹而成，在內容與形式上，傳承先秦寓言、志怪傳統、神話、傳說、歷史故事、說話、平話、戲曲、佛經翻譯等創作，又雜糅政治、社會、宗教等因素，促使小說富於虛幻想像的特色，也增加作品更多解讀的空間，因此，包含《續西遊記》、《西遊補》、《後西遊記》等續書，都賦有諸多意涵。

對於《西遊記》及其續書的學位論文，歷年鮮少從寓言特質的角度來探究，本論文即以《西遊記》、《續西遊記》、《西遊補》、《後西遊記》爲範圍，探討其寓意及寫作藝術。採用「文獻分析法」、「歷史研究法」、「文本歸納分析法」，在文獻蒐集及文本分析方面，力求完備。除查考相關書籍之外，並實際查訪文獻館藏機構之網站及相關館藏。

研究之目的，包括：探討寓言及寓言小說之界定、明清長篇寓言小說之分類，以及《西遊記》及其三本續書之作者考、版本考、創作背景淵源、寓意及寫作藝術等，並提出結論與建議。

本論文研究的結論有六點，即：(一)、明確界定寓言及寓言小說之異同性。(二)、將明清長篇寓言小說的類型，分爲神魔寓言小說、幻境寓言小說、動植物寓言小說。(三)、對《西遊記》及其三本續書之作者考證有明確論述。(四)、將創作背景淵源分爲：1、政治黑暗腐敗，即專制集權宦官弄權、內憂頻仍外

患危殆、科舉取士之害、逐利拜金奢侈相競、沉溺宗教迷信；2、儒釋道三教合流，包括小說中的儒釋道思想、小說中的佛道事件、小說中的佛道神譜；3、時代思潮轉變，包括作家自覺、晚明個性解放思潮；4、對前代文學之傳承，包括傳承說話、戲曲與平話，以及與其他文學之傳承。(五)、寓意方面，先提出歷來學者不同的主張；再闡述此四部小說的寓意，並將其分爲「寓意一『修心破情以證佛道』」及「寓意二『諷刺人性與社會亂象』」二項。(六)、寫作藝術方面，分爲四項，即：1、修辭技法豐富圓熟，包括擬人、誇飾、隱喻、象徵、雙關；2、角色多樣琳瑯滿目，包括人物角色、動物角色、植物角色、神仙角色、魔怪角色；3、奇幻想像超現實性，包括擬人化、神魔精怪、法術寶器、奇幻異境；4 形象生動詼諧幽默，包括人物形象生動與詼諧風趣筆法，其中人物形象生動方面，從人物之肖像描寫、語言描寫、行動描寫來論析；詼諧風趣方面，從充滿童趣、對比性格與喜劇衝突、風趣遊戲筆墨、豁達樂觀的態度、不協調的怪誕情節來論述。

鑑往知來，本論文對於未來的研究方向，提出三點建議，即：(一)、完整蒐輯明清長篇寓言小說，並作詳盡分類；(二)、針對《西遊記》及其全部續書作一整體研究；(三)、明定《西遊記》及其續書之文學史評價及其影響。

目　次

上　冊

第十九冊　元雜劇聯套規律研究

作者簡介

許子漢，國立台灣大學中文所博士，現職國立東華大學華文文學系副教授，專長古典戲曲、現代戲劇，著有《元雜劇的聲情與劇情》、《明傳奇排場三要素發展歷程之研究》等專書，及《元雜劇楔子新解》、《戲曲關目義涵之探討》、《論中國韻文學格律之發展》等論文。

提　要

自來研究元曲套式規律者，皆從曲牌聯接次序等形式上的角度為之，且多 限於對部份曲牌之觀察，未能對所有曲牌做一全面之研究，以形成套式規律之完整系統。故本論文一方面綜觀所有曲牌之聯套規律，以較為整體之觀點，在前人之基礎上，對曲牌之聯套規律做一全面之研究；一方面將套式與劇情結合，研究其中之關係，並歸納出各宮調適用之劇情形態，與舊有之宮調聲情說做一印證。緒論中先對前人在套式規律與宮調聲情上之討論做一回顧與整理，再進一步說明本文將聯套規律區分為「曲牌聯綴規律」與「套式運用規律」之觀念與其定義。第一至八章分別對仙呂、正宮、南呂、中呂、越調、商調、黃鍾與大石、及雙調等九個現存元劇所用之宮調進行套式之分析與歸納。每章又分三節（除第七章外），第一節討論曲牌聯規律，第二節討論套式運用規律，第三節則對該宮調之聯套規律做一總結。第九章為本文之結論，以前面八章對各宮調之討論結果為基礎，析論整個元雜劇聯套規律之通則。第一節討論「曲牌與曲段」，即聯套單位之層次，說明就曲牌聯綴規律而言之四項要素，就套式運用規律而言有八種用法，及二者之間的關聯。第二節討論「套式與宮調」，分析各宮調之聯套規律在組成之形式上，與適用之劇情形態上有何特色，二者間之關聯所在。第三節討論「聲情與劇情」，以各宮調適用之劇情形態來看舊有之宮調聲情說，給予新的詮釋。第四節則對各宮調之聯套規律再做一摘要之敘述，並為本文做一結語。簡言之，各宮調之套式規律由於聯套單位之運用與組成形式上之特色，在整個套式之運用上亦因而有各自之特色，並有各自適用之劇情形態；由此以觀舊有之聲情說，可有更具體之認識。本文之研究成果，相信可以使北曲向來為人忽視之「排場」，在理論上得到更進一步發展的可能。

目　次

第二十、二一冊　明雜劇概論

作者簡介

曾永義，1941 年生，臺灣臺南縣人。1971 年臺灣大學中國文學研究所博士班畢業，獲教育部國家文學博士學位。曾任臺灣大學講座教授、歷史文學學會與中華戲曲文學推廣學會理事長，中華民俗藝術基金會執行長與董事長。1978 年在美國哈佛大學、1982 年在密西根大學爲訪問學人。1987 年在德國魯爾大學爲交換教授、1990 年在香港大學爲客座教授。1996 年在史丹佛大學、1998 年在荷蘭萊頓大學爲訪問教授。2004 年爲武漢大學客座教授。1977 年獲第三屆文復會金筆獎、1981 年獲第四屆中興文藝獎章、1982 年獲第七屆國家文藝獎、1993 年獲第二十八屆中山文藝獎，1987、1991 年獲國科會優良研究獎。1993 年，獲中山文藝獎。1988 年、1993 年、1995 年及 1998 年四度獲國科會傑出研究獎。2001 年 8 月～2007 年 7 月，爲國科會特約研究計畫主持人。現爲國家講座主持人、世新大學講座教授、臺灣大學名譽教授、國語日報常務董事、中央研究院文哲所諮詢委員。2004 年 11 月獲財團法人傑出人才基金會爲期五年之「傑出人才講座」。著有學術著作《明雜劇概論》、《台灣歌仔戲的發展與變遷》、《說俗文學》、《說民藝》、《論說戲曲》和《戲曲源流新論》等十餘種，散文集有《蓮花步步生》、《牽手五十年》、《飛揚跋扈酒杯中》、《人間愉快》和《清風明月春陽》等五種，中國現代歌劇劇本《霸王虞姬》及《國姓爺》兩種，京劇劇本《鄭成功與台灣》及《牛郎織女天狼星》兩種。長年從事戲曲、俗文學與民俗藝術之維護發揚與研究工作，不僅在台灣提倡精緻歌仔戲與中國現代歌劇，且屢屢並率團赴歐美亞非列國做文化交流。

提　要

明代雜劇繼承元人雜劇，又逐漸從南戲傳奇中汲取滋養，發展出獨特的面貌。本書首先綜述明代雜劇的搬演環境與劇種特色，進而以宏觀的角度析論明代雜劇演進的情勢及其在雜劇發展歷史上的地位。其次依照明雜劇的發展階段，詳實考述各期作家及其作品，並討論其得失。本書對於明雜劇進行了全面系統性的論述，並提供豐富的學術材料，爲明雜劇研究的創發之作，具有重要的參考價值。

目　次

第二二冊　明傳奇中宗教角色研究

作者簡介

賴慧玲，民國五十二年生於台灣彰化。大學畢業於中興大學夜中文系，師從當代道家王淮先生學習中國思想史前後約二十年，並賜字以甯，號抱一。東海大學中國文學研究所碩士、博士，碩士期間由李田意教授及哲研所的謝仲明教授指導古典小說及中西美學理論之研習；博士階段則由王安祈教授、李豐楙教授指導古典戲曲與道教文學領域之研習。2000 年開始從大陸川派琴家丁承運教授學習古琴操縵。現任義守大學通識教育中心華語文組專任助理教授，近年來主要從事於道家道教、仙學養生及古琴美學等領域之相關研究。

提　要

明傳奇中各類宗教角色及神怪情節充斥，其濃厚的三教合一色彩，在「宗教文學」的研究中自是值得注意的一環。故本文參考俄國敘事學家普洛普（V. Propp）歸納民間故事型態之理論方法，和格睿瑪（A. J. Greimas）在《結構語義學》中所提出「角色模式」和「行動元」之理論觀念，以《六十種曲》爲核心，並擴及《全明傳奇》二百四十七本劇本，歸納分析其中各式「宗教角色」和「宗教性情節」，以一斷代微觀文學史料之研究爲基礎，爲中國宗教文學的發展脈絡提供新的輪廓證明。

本論文分成八章：第一章爲導論，交代研究動機、目的和研究背景，以及本文所使用之研究方法及理論架構，屬論文外圍之理論說明。第二章則羅列說明此研究論題所使用之基本材料和範圍——即將《六十種曲》中之「宗教行動元」作整體歸納，並畫成圖表，以此爲基礎展開理論分析，並進一步擴及《全明傳奇》中之例證和現象分析。第三章則分析各類傳奇中宗教性情節之敘事模式與結局間之互動關係，及其對人物塑造之影響。第四章則將明傳奇中出現的宗教角色依其性質作基本歸類，討論這些基本人物類型之特色及塑造手法。第五章以表演藝術的角度，關注宗教角色的行當分類、穿關砌末、曲詞科白、劇場造景與表演場合等戲劇藝術方面之問題。第六章則專門討論明傳奇中宗教角色之戲劇功能及社會文化功能，注意宗教角色在情節結構中本有的功能之外，在敘事程式及全本戲轉變爲折子戲的過程中，其所處地位之變動性，以及觀眾在欣賞宗教劇、或劇中宗教成份較濃的部份，所抱持的心態及產生之效能等。而根據第三、四、五、六等幾章對《六十種曲》及《全明傳奇》等原典內部之觀察、分析、歸納，得出第七章對明人宗教、文化心理意識結構之理路分析，並觀察歷史、民俗現象在戲劇中之反映結果；第八章結論則以宗教文學之脈絡，檢視明傳奇中宗教角色之美學特質及其與宗教儀式有關之特性，並予以價值定位。

目　次

第二三冊　明代傳奇時事劇研究

作者簡介

高美華，台灣台中人，1956 年出生於台北。爲政治大學中國文學碩士、博士；其碩士論文爲《楊升庵夫婦散曲研究》，博士論文原題作《明代時事新劇》。現任國立成功大學中國文學系副教授，曾任嘉義師範學院語文教育系講師、副教授兼系主任。專長領域爲詞曲、戲曲和語文教育。精研崑曲理論與實務，開設詞曲選及習作、古典戲曲製演、戲曲專題等專業課程，並指導成大國劇社多年，親自粉墨登場。教學資歷二十餘年，自高中、專科到大學，經驗豐富，並參與成大實用中文寫作計畫，累積多篇論文成果。

提　要

代有文學興起，唐詩、宋詞、元曲，足爲時代精神之表徵；有明一代則非「傳奇」莫屬。狹義的「傳奇」，指嘉靖中葉以後，以崑山腔譜寫演出的劇本，盛演至清，遍及全國，歷時二、三百年。「時事劇」，則是以當代政治社會事件或實事爲題材、所譜寫的劇本；在劇曲中之比例，約佔十分之一。

本論文以崑山腔譜寫的傳奇時事劇爲研究範疇，首先爬梳傳奇戲曲著錄劇目情況，再擇時事劇本，分政治與社會二部份分析探討。反映政治時事之劇，主要集中在嚴嵩與魏忠賢當權的時代，分析的劇本有：花將軍虎符記、鳴鳳記、飛丸記、一捧雪、喜逢春、魏監磨忠記、清忠譜、回春記等八劇。反映社會時事之劇，則以作家背景、劇作旨趣爲基礎，分析的劇本有：奇遇玉丸記、三社記、雙雄記、望湖亭記、小青娘風流院、療妒羹、二奇緣、鴛鴦條等八劇。

劇中呈現的政治社會現象有：政治污腐、世風浮靡、市民覺醒等端。劇作在形式上，因應時代和觀眾需求，而展現的特色有：戲中有戲、作者自傳、人物眾多等項。明代時事傳奇在題材、形式上，開創戲曲新的面貌和途徑，不但在當代有很大的影響，至清初有更多的承襲和發展，甚至劇中之人物形象、影響後人對歷史人物的評價。社會政治是現實人生的舞台，政經、治道與時事劇的關係密切， 明代傳奇中的時事劇作，在君主與民眾之間、一消一長的關係中，呈現獨特的風貌，值得借鑑與省思。

目　次

第二四冊　明代戲劇的兩性關係——以六十種曲爲例

作者簡介

高芷琳，民國六十三年生，臺灣省澎湖縣人，已婚，育有一女，彰化師大國文研究所碩士、高雄師範大學國文研究所博士，現爲澎湖縣澎南國中國文教師，研究範圍爲澎湖的鄉土文化、古典戲劇、以及兩性關係；將來之研究方向亦以此三個領域爲範疇。將來期待能研究與教學並行，並將研究成果融入教學之中，以對莘莘學子造成正向的教育影響。

提　要

中國古代是一個重男輕女、男尊女卑的時代，即使到現代，仍有著許多的觀念遺留著，這是一個值得討論的文化現象。而明代則是中國五千年歷史中，男女兩性關係極爲複雜的時代，從這個時代的兩性關係，我們可以看到整個中華民族兩性發展史的縮影，此外，明代戲劇興盛，從其中的搬演描述，我們可以了解各個階層的生活、兩性互動，所以本文借由探討明代傳奇《六十種曲》，來了解明代的兩性關係、形成背景因素，並也從中發掘中國兩性關係的共性。

筆者探討的明代社會階層包括：一般大眾、才子、佳人、奴婢、僕人、娼妓、商人、商婦、女性經濟活動從事者、宗教人士、孌童、同性戀、後宮女性等，希望從他們的兩性互動、內在性心理、社會上的兩性現象，歸納出明代兩性關係的特色，並成爲現代兩性關係的借鏡，並希望因此而尋找出現代兩性關係的新方向。

目 次

第二五、二六冊　《全明散曲》中的南曲體製研究

作者簡介

林照蘭，生於屏東東港，高雄師範大學國文研究所博士班畢業。曾任國小、國中、高中職教師，持續指導學生演說與作文，曾獲教育部文藝創作獎及師鐸獎等。二〇〇七年高雄女中退休後，即在中山大學等校兼任。近年加入福智文教基金會，致力於研討、編寫生命教育教材及教案，並融入教學中，其樂也無窮。

提　要

曲爲元代文學之璧，明代承波增華，並以南曲「發元人未放之花」。劇曲方面除揉和南北之長，發展出獨特的風貌外，散曲亦有長足進步。目前，明代散曲以謝伯陽所編《全明散曲》最爲完備，約有曲家四百零六家，所留曲集一百餘種，所錄南北散曲，計小令 10606 首，套數 2064 篇，成果相當可觀。本文即以《全明散曲》中的南曲爲研究範疇，透過曲牌歸納及聯套分析，探討小令、帶過曲、集曲與散套四種不同形式在明代的流行實況，概分八章論述：

第一章　緒論：說明研究動機與目的、研究架構與方法，並簡介《全明散曲》編輯體例及明代常見散曲集概況。

第二章　南北曲的淵源與形成：尋繹南北曲共同淵源，以貫串曲體文學的歷史文化傳承意義。繼而分析南北曲體製的形成與分野，釐清交流與分渠的生發時程與風格異趣。

第三章　南曲散曲概況：就相關曲譜歸納明代南曲所用曲牌，以見新生曲

牌遞嬗之跡。並列表歸納明代曾作南曲散曲作家作品實況，做爲後面章節論述依據。

第四章　小令與帶過曲研究：提供創作人數與宮調、曲牌使用數據，並就音樂角度與體製角度二項，分析小令實況。帶過曲則依南曲帶過曲、南北兼帶之不同調式作分析。

第五章　集曲研究：從作家與作品、宮調與曲牌論述集曲盛行之因。

第六章　南曲散套聯套研究：將作品區分爲一般聯套、重頭聯套、循環聯套、含子母調聯套、南北合套、含帶過曲聯套六式，依有尾聲、無尾聲分析各式特色。

第七章　南曲散套套式述例：羅列作家作品，歸納不同聯套之各式聯套法則，並分析與傳奇聯套同異處，以見劇曲與散曲彼此影響之深。

第八章　結論

目　次

上　冊

第二七冊　蘇洵古文研究

作者簡介

王聖友，1982 年生，彰化縣北斗鎮人，南亞技術學院二專機械科、明道大學中文系學士、國學研究所碩士畢業。國中起因接觸《三國演義》，啓發熱愛古典文學之興趣，專科畢業後轉入中文系。研究領域以古典散文爲主，在民間宗教信仰亦有涉獵。

提　要

本文希望對北宋文學家——蘇洵，在《嘉祐集》古文給予完整認識。本文採用《嘉祐集箋注》爲底本，主要探討蘇洵古文淵源、古文表現方法、古文修辭技巧、古文之特色，爲學界向來較少注目之蘇洵研究盡力。經過本文之探討後，能認識蘇洵古文寫作成就，是足以供後世者學習。同時，蘇洵響應歐陽脩古文運動，並培育蘇軾、蘇轍二子，同登唐宋八大家之堂，在文學史上應有一定地位。

在分章撰寫方面：

第一章爲緒論，說明研究動機與目的，研究現況與文獻述評，研究資料與研究方法，通盤檢視蘇洵研究概況，以建立蘇洵研究之根本。

第二章爲蘇洵之生平與著述，藉以明瞭蘇洵所處時代，蘇洵的晚學生平及歷代文集流傳情形，並將蘇洵《嘉祐集》古文，依內容做個重新分類，並略爲介紹，有助於了解蘇洵。

第三章爲蘇洵古文之淵源，從古文中反映蘇洵學養思想，顯現出多元且不拘一格的特色，融會儒家、道家、法家及墨家等思想，爲研究蘇洵古文之路徑。

第四章爲蘇洵之古文內容，進入本研究之核心中，將政論、史論、經論、書牘與其他五大類，以全面認識蘇洵古文，奠定研究之基礎。

第五章爲蘇洵古文之表現方式，運用古代文話法則，先探究古文的篇章結構，再探查開頭、轉折及結尾技巧，以明晰蘇洵古文寫作方法。

第六章爲蘇洵古文之修辭方法，以現代修辭格之研究，探究蘇洵古文上譬喻、示現、誇飾、排比、層遞和映襯等例，以獲得蘇洵古文的修辭藝術。

第七章爲蘇洵古文之特色，呈現廣泛閱歷、積累成學，縱橫捭闔、氣勢萬千，善用典故、旁徵博引，文尚實用、有爲而發的特點，整體而言，是有多元之色彩。

第八章結論作爲本研究成果總結，及蘇洵文學史上的評價。

目　次

第二八冊　林琴南古文理論研究

作者簡介

呂立德，1963 年生，臺灣澎湖七美人，國立臺灣師範大學文學博士。作者於就讀高雄師範大學國文研究所碩士班期間，師事王更生教授，撰成「《文心雕龍・時序篇》研究」；攻讀臺灣師範大學國文研究所博士班期間，師事張高評教授，撰成「林琴南古文理論研究」。曾任正修科技大學講師、副教授兼教學發展中心主任，現任正修科技大學副教授兼通識教育中心主任，主要研究領域爲古文學與古典文學理論。作者另主編《大學國文選》（2007，三民），並參與編著《實用中文》（2010，三民）。

提　要

中國古典散文，俗稱古文。不僅源遠流長，而且名家輩出，佳篇迭湧，堪稱文苑之長青樹。然綜觀學術界對古文之研究，顯然不及古典詩歌之熱絡，尤其古文理論之研究，更是缺乏關注。考察中國古文理論之發展，至有清一代，匯粹眾長，可謂集通變之大成。其中桐城一派，主導清代散文文壇，作家之多，流衍之盛，歷來絕無僅有。降及清末，以時運之交移，外有西學之沛然東來，內有文體改革呼聲之高漲，傳統古文遭受此兩股洪流衝擊下，遂漸趨式微，與清世國運相終始。値此關口，厥有林琴南，為力延古文一線之脈，仍孳孳謹守古文義法，靠攏於桐城，為桐城張目，以形成砥柱中流，與新文學思潮對抗，期能力挽狂瀾，振起頹勢。其為古文所付出之心力，除積極投入古文創作外，更有豐富之古文理論問世。然而學術界對林琴南古文理論之探討，於深廣度上，尚嫌不足，更遑論全面性之掌握。職是之故，本論文以「林琴南古文理論」為研究範圍，試圖探討林琴南古文理論之生成論、文體論、創作論；釐清其與桐城派文論之糾葛，分析其學派之趨向，掌握其文論之旨歸，冀能瞭解近代新舊文學交替下，林琴南所扮演之角色。

本論文所採用之研究資料，以林琴南諸古文理論著作為主，其次參考今人研究林琴南之著作與單篇論文，再旁及相關之古典詩文集、詩文評，以及今人文學史、文體學、修辭學、文論方面之著作。

本論文運用知人論世法、歷史流變法、比較異同法，對論題作共時性之剖析，及歷時性之研討，以之詮釋文本，解讀文獻。先對林琴南之時代背景、生平、交遊，作一歷史考察；再就林氏之古文理論，探原究委，旁推交通，轉相發明，以建構林琴南古文理論體系。

本論文之研究成果大抵有六：一、林琴南古文理論之形成，得力於依經附聖之傳統思想、師法並擷取古人創作之精華、承繼並修正桐城文論，而清末民初文學思潮之激盪，更激發其力守古文營壘、積極投入古文理論創作之決心與毅力；尤其借鑑西土小說之優長，以古文雅潔之筆譯介西土文學名著，其欲將西土小說「漢化」、「義法化」之用心，由諸多譯述序跋中可知，此舉實已開啓比較文學之先聲。凡此，皆為其古文理論生成之助力。二、林琴南古文文體論之理論基礎，實建構於源遠流長之文體發展史中，遠則祖述劉勰《文心雕龍》，近則紹承姚鼐《古文辭類纂》。然林琴南身處文體論定之晚清，對於劉勰未及見之唐宋古文名家，自有見前人所未見，發前人所未發之處，其《畏廬論文．流別論》可謂繼《文心雕龍》之後，另一部極具系統之「分體文學史」。尤其《選評古文辭類纂》之分體選文，詳加評批，多可見其精析源流，洞見利病之學養與識度。其所選評之作家與作品，與其推崇韓、柳、歐、曾之文，若合符節。三、古文創作論爲林琴南用力最多者，其內容以《畏廬論文》爲核心，考其〈應知八則〉之提示創作要則，雖本桐城劉大櫆「神氣」說、姚鼐「神、理、氣、味、格、律、聲、色」說而來，然屏棄考據，特重文章意境與聲情之古文藝術美；〈論文十六忌〉之講明創作避忌，亦秉方苞「義法」說，雖法條林立，禁忌繁多，然〈忌直率〉則修正曾國藩偏重「陽剛」、「雄直」之論，強調古文之陰柔美；〈用筆八則〉之謀篇安章之方，詳述各種筆法之運用；〈用字四法〉之字句鍛鍊法，明示練字要法，並以少總多。檢視林琴南其他古文選評著作，皆見其古文理論之落實與一貫。四、清末民初之文學思潮，造成新舊文學之衝突，中西文學之融合，在追新求變下，林琴南窮究畢生之精力研治古文，捍衛傳統古文，企圖延續其命脈，成就斐然，被譽爲「古文殿軍」。另一方面，面對西學之東漸，林琴南非但不排拒，更以古文大量譯介西方文學名著，將溝通中西文學之窗口打開，使國人一新耳目，開拓視野，進而助長新文學之急速發展，亦被推爲「新文學不祧之祖」。如此既捍衛舊學，又催生新學，隱然爲中流砥柱之用心，顯而易見。五、經由本論文之探究，林琴南與桐城派文論之分合，及其文論歸趨，應可獲得清晰之觀念；學術界皆將林琴南劃歸桐城派，然卻不明彼此文論之異同，本論文應可獲得解決。六、在「桐城謬種」、「桐城餘孽」、「冥頑不靈」、「頑固保守」之譏彈中，對林氏之評價，學術界多避而不談，不免令人遺憾。細究林琴南之時代背景，再檢視其融合中西之用心，實應還其更公允、客觀之評價。本論文之探究，重新評估林琴南之歷史定位，對於學界探討桐城派之流變及清代之古文理論，自有裨益。

目　次

第二九冊　岳飛故事研究

作者簡介

張清發，臺灣省高雄縣人。國立高雄師範大學國文博士、國立成功大學中文碩士。現任國立高雄海洋科技大學基礎教育中心專任副教授、國立臺南大學國文系兼任副教授。曾任國立臺南護理專科學校專任助理教授、國民小學專任教師。主要研究方向爲明清小說、俗文學。著有《歷史英雄天命——隋唐演義系列小說研究》、《明清家將小說研究》，以及〈秦檜冥報故事的演變發展與文化意涵〉、〈從「悲劇英雄」看《史記》與講史小說的關係〉、〈從人物塑造看《左傳》與講史小說的關係〉、〈從敦煌齋願文到通俗小說看天王信仰的演變〉、〈由白蛇故事的結構發展看其主題流變〉等相關論文多篇。

提　要

雖然岳飛研究成果繁盛但仍有其不足，特別是俗文學的研究，由於未能掌握「岳飛」題材的特質，善用合適的研究方法，故研究成果常常無法和類型小說、類型人物產生明顯區隔。以「岳飛」題材來看，「故事研究」最爲適合，因爲能夠在學科整合下，廣蒐材料彼此驗證，明確故事發展過程中的變與不變。因此，本《岳飛故事研究》以「醞釀、發展、成熟、轉型」爲階段，探討「時代」與「岳飛」的關聯，透過歷代朝野之岳飛評價，探究岳飛故事的流傳動源，詮解岳飛故事情節變異之因由。最後，考察岳飛故事流傳的文化意涵，從中發掘岳飛崇拜的根源、英雄命運的解讀、民族衰敗的省思，企圖將整體故事的研究成果，提昇到超越文本與超越歷史的層面。

目　次

第三十冊　魚籃觀音研究

作者簡介

高禎霙，臺灣臺北縣人，中國文化大學中國文學研究所碩士、博士，現任中國文化大學中文系文學組副教授。學術專著有：《《史》《漢》論贊之研究》、《魚籃觀音研究》，並發表史記與古典小說相關論文十餘篇。

《魚籃觀音研究》論文獲獎紀錄：

一、八十二年一月獲法鼓山中華佛學研究所第三屆「佛教學術論文獎學金」

二、獲國科會八十二年度博碩士論文乙種獎助金

提　要

三十三觀音之一的魚籃觀音，是許多觀音故事中最能廣泛引發民眾興趣，又與文學、藝術關係密切的形象之一。魚籃觀音融合了中國觀音信仰中，以〈普門品〉爲其重要的經典依據，以及女相造型、應驗事蹟等特色，不論在文學、戲劇、藝術以及宗教的傳播發展等各方面，皆具有重要的影響與價值。

魚籃觀音的故事依其內容與主題可分爲三種傳說類型：一爲馬郎婦的故事，二爲靈照的傳說，三爲觀音收伏魚精的故事。三者以馬郎婦故事被認爲是

魚籃觀音傳說的主線，約在北宋末、南宋初時發展完成，是一則來自於佛教教學中心且被精心潤飾的故事，它包含許多重要的修行觀念，尤以對治愛欲的方法最爲突顯。但其內容與魚籃的關係非常少，由資料分析判知，早期的魚籃觀音與馬郎婦故事，應是兩則不同的傳說，後因內容相混而逐漸融爲一個故事。

靈照的故事則是禪的代表，她雖也被稱爲魚籃觀音形象的由來，但分析結果得知，靈照與魚籃觀音的關係較爲薄弱，對於文學作品亦無產生影響。

觀音收伏魚精的故事，則將「魚籃」的效用與觀音得名的原因做了完整的解釋，但其完成的年代較晚，反映了明清時代佛道思想混合的事實，亦不具有深入的宗教觀念和意義，反以魚精戀愛的情節成爲作品鋪敘的重點。

目　次

中國人虎變形故事研究

作者簡介

洪瑞英，1963 年生於臺灣彰化，政治大學中文系、逢甲大學中國文學研究所畢業，曾任職戶外生活出版社編輯；現任教於南開科技大學通識中心，兼任圖書館典閱組組長。著有〈小說中巫術與法術之變形——以中國人虎變形故事爲考察〉、〈中國人虎婚姻故事類型研究〉等。

提　要

壹、研究動機：

變形是中國小說常見之創作主題類型，在人與物類互變主題中，「物類變人」類型爲變形故事之大宗；「人變異類」故事數量相對較少。而在此少數人變異類故事中，以「人化虎」故事數量最多亦最具典型；此外，「虎變人」故事模式也異於其他物類變形故事而自成格局。因此，本書特擷取此類獨具特質的中國人虎變形故事作爲研究，嘗試探討其創作之外在背景及內在意涵，藉以與西洋狼人及東南亞、印度虎人傳說互勘，比較探討此一世界性類型傳說在各地所展現之相異特質與意義。

貳、研究方法：

本文試就中國歷代小說及故事中所見有關人虎變形主題作一概略性分類，先考察其原始信仰、文化遺跡，再著力於小說中象徵手法的運用，嘗試以心理學、民俗學、人類學等角度探討其變形的內外在動因與其心理意識之展現。

參、研究內容：

第一章緒論：除申明研究動機與方法外，並概略探討中國傳統文化中對虎的觀念，以明人虎變形故事所展現之特質。

第二章人虎變形之思想邏輯：陳述人虎變形於神話與小說中的創作意涵，並考察人虎變形傳之原始信仰背景及地理區域分布。

第三章人虎變形故事內容探討：歸納中國人虎變形故事之類型，並分析其所蘊含之政治、社會、宗教信仰及人類心理等深層意義。

第四章人虎變形故事之心理意識探索：針對人虎變形故事所顯現之心理意識作一剖析，以彰顯此變形藝術下對人性的思考、生命的反省等象徵意義。

第五章結論：總結前論，簡述六朝、唐宋、明清各代人虎變形故事之承襲及發展，藉中國人虎變形故事之整理，了解並比較此一世界性類型傳說所展現之特質與意義。

目　次

莊子「技進於道」美學意義之探究

林翠雲　著

作者簡介

林翠雲，文藻外語學院應用華語文系專任講師，中央大學中國文學研究所碩士、國立藝術學院（今台北藝術大學）美術史研究所碩士。近年致力於華語數位學習教材開發及研究，代表作品為「華語 e 起來」，首創臺灣華語教學播客（Podcast）系統。學術論文散見於《臺灣華語教學》、《中原華語文學報》等期刊。

提　　要

基於莊子「寓修道於技藝」的本懷，以及此本懷對於後世藝術創作與理念發生深刻的影響，引發我們反省莊子思想中可能蘊涵的藝術哲學，這個藝術哲學可以標舉為「技進於道」。我們採取「由藝而道」的研究進路，從藝術活動的各個脈絡中，包括藝術創作、作品形成、讀者詮釋、作品完成時，來具體地探究莊子思想中，技藝與道之間的關係，從而瞭解莊子對於藝術的特殊理解。

本論文的研究內容可分為總論及分論二大部分。總論所探討的是「道」與「藝」的類比關係以及本質關係。分論部分則有三點：1、創作過程與修道歷程的關涉；2、詮釋原則與體道原理的關涉；3、莊子藝術哲學在創作中可能的體現－以繪畫中「遠」與「空白」的藝術現象作為具體範例。研究的結果，我們發現，莊子「技進於道」之藝術哲學顯示，藝術之最高根據為道，而其意義表現在：1、藝術家的主體修養工夫，表現道之工夫義；2、創作、解釋主體的藝術心靈，表現道之精神義；3、作品的「道境」為「至美」的具現，表現道之境界義。處於藝術活動之關鍵地位者為「藝術心靈」，此精神主體為一切藝術活動之形上依據。而此種藝術精神之觀念也是莊子藝術哲學的核心。總之，能夠具現「道」的藝術，才符合莊子理想中的藝術，而欲達此理想，其樞紐則在於主體之藝術心靈的培養，此與莊子道論中最重視工夫論實相一致。同理可知，「技進於道」所以可能也就在於，「技」必須具備此種可通契於形上精神的特性。

目次

第一章　莊子美學相關藝術諸問題之釐清

第一節　「技進於道」美學論題的提出及意義

徐復觀在《中國人性論史》中曾說：「中國思想的發展，是澈底以人為中心，總是要把一切東西消納到人的身上，再從人的身上，向外向上展開。」〔註 1〕先秦道家莊子哲思關注的核心，便是人的問題，而「如何」實現完成真正的個人，則為其終極關懷，至於「道」則是莊子反省這個「如何」，給予回答的根本依據，即「道」是人成其為人之本質內涵。莊子感悟得「道」之奧秘，欲宣告世人，在傳道途中，為了保全道之「不失真」，便必須儘量去避免可能產生的混濁與障礙。「藝術」作為傳道的方式之一，是人類特殊的一種知覺能力，其最大的特質乃在於以一整體感悟之方式，儘可能地逼近於終極性存在，而呈現生命之全體內容，因此它便成為莊子用來喻示「道」的一種表現途徑，此即「寓修道於技藝」。〔註 2〕然而，「寓修道於技藝」所以可能，乃因莊子認為，「技」與「道」是可以相通的，《天地篇》說：〔註 3〕

〔註 1〕見《中國人性論史》，第十二章「老子思想的發展與落實——莊子的心」，頁 363，台北：臺灣商務印書館，1987 年。對於西方來說，理性本身不借助外力可作動態的發展；然而從中國思想的發展可以看出，理性本身並沒有一種完整的支柱和一種內在的動力發展。在中國哲學中，理性涵蘊於生命體驗及生活經驗中，要有許多的外緣條件，理性才會被激發顯現出來。

〔註 2〕此名詞源於王煜〈寓修道於技藝〉一文，收於《老莊思想論集》，台北：聯經出版事業公司，1986 年。

〔註 3〕本論文之《莊子》引文，俱根據郭慶藩《莊子集釋》，台北：漢京文化事業有限公司，1983 年。

通於天地者德也，行於萬物者道也，上治人者事也，能有所藝者技也。技兼於事，事兼於義，義兼於德，德兼於道，道兼於天。

「技」屬於人為事件，既繫於人之精神主體，便賦有某些價值創造的意義於其中，這些意義乃貼切於人眞實生命的存在，甚而相合於超越的宇宙自然之理，換句話說，展現人之價值創造的「技」之現象，正是「道」的具體呈現，所以「技」才可以喻示「道」之境界。魏初文學家徐幹於其《中論・藝記》說：「藝者，所以事成德者也。德者，以道率身者也。」（台北：中國子學名著集成編印基金會，1978 年）就正是對於這個道理的精闢見解。這也就是為什麼莊子在〈養生主〉「庖丁解牛」的寓言中，於生動地描寫庖丁解牛出神入化的技巧之後，文惠君有「善哉！技蓋至此乎？」的疑惑，而庖丁則回答說：「臣之所好者道也，進乎技矣」，庖丁所重視的並非只是工匠式的技術，他的「技」乃是已經超越一般的「技」而進入「道」的領域。

實質而言，莊子所說的「技」，其意義即等同於「藝術」，「這不但因為在古代技與藝不可分，而且在莊子學派用來說明『道』的各種『技』中就包含有宋元君的畫史作畫，梓慶削木為鐻（雕刻）這樣的藝術活動。同時，在古代生產分工尚未發展，人尚未成為機器的附屬品，產品大部分尚未成為商品的情況下，許多生產技藝都帶有類似於藝術創造的性質。」〔註 4〕以藝術寓言來喻示道，使人較容易體會道的意義，此乃莊子「寓修道於技藝」的本懷，其理由則是「技」可以進於「道」。他並無心追索藝術活動之種種，「藝術」在反思「道」此一「焦點意識」下只具「支援意識」的作用，〔註 5〕它的意義

〔註 4〕見李澤厚、劉綱紀合著《中國美學史》上冊，頁 313、314，台北：谷風出版社，出版日期不詳。事實上，在古代西方，「藝術」一辭就其原始用意而言，它所包含的事物較今日所使用之「藝術」一辭所包含者為廣泛。Wtadystaw Tatarkiewicz 在《西洋六大美學理念史》中說道：「其實，我們今天所使用之『技術』一辭，比我們所使用之『藝術』一辭更能切合古代之藝術的概念。因為我們所使用之『藝術』乃是『美術』之簡稱，希臘並沒有名稱給後者，因為他們辨認不出它們的特性來。他們把美術跟手工藝混合在一起，並且相信雕刻家的作品和木匠的作品，在本質上乃是一樣的，也即是指它們的技巧，……因而，包含著美術之一般性的概念，不得不同樣也包含著手工藝。」見第二章「藝術：分類史」，頁 68，台北：丹青圖書有限公司，1987 年。

〔註 5〕博蘭尼認為人之知覺一件事物乃由兩種意識所構成，即「支援意識」及「焦點意識」，後者是事物的意義，即所欲知覺的目標，而前者則是幫助吾人知覺此目標的輔助線索。經由輔助線索方能由支援上的「轉」（起點）而進入焦點目標的「悟」（結果）。見博氏《意義》一書，第二章「個人知識」，頁 42，台北：聯經出版事業公司，1986 年。

是從「道」的意義衍生出來的。但是，一旦後世的藝術家，作爲讀者來面對這些藝術寓言，與之對話時，卻事實地在理念與創作上受到它深刻的影響。一方面，我們可以說這些寓言題材，本身就具有提供藝術思考的性質，故能開顯後世藝術創作者、思想者可能的理解；另一方面，我們也可以視後世受莊子影響的藝術創作現象，就是莊子藝術精神可能的種種體現，因此，李澤厚才說：

> 莊子學派有關「言」與「意」、「道」與「技」的許多論述，雖然不是直接針對藝術而言的，在先秦美學中恰恰是這些言論最爲深刻地揭示了藝術形象和藝術創造的特徵，所以它在後世不斷爲人們所引述和發揮。（引自李澤厚、劉綱紀合著《中國美學史》上冊，第七章「莊子的美學思想」，頁 309，台北：谷風出版社）

本論文便是在此後設的立場下，針對莊子「技進於道」的思想，提出以下幾個相關的美學論題：

1. 「藝術」爲何可以被莊子用以喻示「道」？
2. 上一個問題是否牽涉到莊子對「道」以及「藝術」本質的特殊理解？
3. 假如我們再做一後設的反思，則這個藝術的本質與道的本質是否必然有關係？
4. 假若有關係，那麼是如何的關係？
5. 這個關係怎樣落實在具體的藝術活動：包括作者→作品→讀者？

藝術作爲一精神層次來說，乃關乎人之領悟於宇宙人生，因此瞭解莊子所肯定之藝術，對於其所欲揭示之道之性格，更能有較相應的理解，除了這個哲學意義之外，探究這些彼此連繫的美學論題，對於中國美學之研究亦至少有三點重要性及意義：

一、證明莊子並不是終極地反對藝術，而是自有其所肯認的藝術。莊子所否定的藝術是指缺乏「道」的那種「技藝」；沒有本體精神的藝術，所謂「羽旄之容、鐘鼓之音」就只是「樂之末也」（〈天道篇〉）。他所肯定的是「道技合一」的藝術，道是藝術之所以存在的本體，而藝術則爲道的具體顯示，可知莊子「未嘗反對藝術、否定藝術，而是從最根本的精神開顯了藝術」（顏崑陽《莊子藝術精神析論》第一章「緒論」，頁 8，台北：學生書局，1985 年）。莊子若不是對於藝術有一價值定位，又怎麼會積極地利用藝術來詮釋他對道體的解悟呢？

二、對於後世藝術創作或美學思想之受莊子影響者，提出可能的合理解釋。並且許多爭議不休的美學範疇問題，如「言」與「意」、「形」與「神」、「虛」與「實」等，皆能從「道」與「技」問題的探究中，找到根源性的解答。因爲，僅以經驗研究的方法來歸納、演繹創作上的種種現象，往往得出各是其是、各非其非的結論。要想從本質意義上解決這些藝術問題的話，就不能只靠各個事實、材料、現象的經驗研究，因此，「必然要從更高的總括見解向原理論的、價值論的研究轉向。藝術學的中心課題只有從『事實學』向『本質學』發展才能夠完成」（竹內敏雄主編，池學鎮譯《美學百科辭典》美學體系部分「藝術學」一條，頁 124，哈爾濱：黑龍江人民出版社，1987 年）。劉綱紀說：「『藝』與『道』的關係問題，是理解中國藝術哲學、藝術精神的核心、關鍵和根本。」（見〈「藝」與「道」的關係——中國藝術哲學的一個根本問題〉一文，收於《藝術哲學》附錄，頁 688，武漢：湖北人民出版社，1987 年）便是認爲，「道」、「技」問題的探究是一個追本溯源的工作。

三、莊子對於藝術本質的體認，在當今美學研究中具有特殊的意義，對於美學的未來發展亦有重大的啓示。所謂「美學」，在古代的觀念中，乃是以哲學地思考「美的存在」爲核心。隨著西方近代以至當代美學的發展，其核心則主要已經轉向分析藝術品與審美心理活動。然而，藝術作爲人之「精神的」存在，乃是文化的現象之一，離開人之存在價值，則藝術之價值亦值得懷疑。因此，沈清松說：

> 在當代西方哲學一片批判美學之聲中，吾人談論莊子的美學似乎是不識時務，有違於時潮。然而，學者們若能以開放的心胸，仔細研讀莊子的美學思想，仍可證明美學有其未來，不過，其條件在於美學必須掘深自身的存有學（本體論）基礎，而這點正是莊子美學的特性。……值此中西哲學互動頻仍，而美學又在當代哲學中遭受批判，學者紛紛轉向所謂「藝術品的存有論」之際，莊子的美學思想仍有值得吾人深思再三者在。〔註 6〕

這樣說來，依前述第一、二點，我們似乎自然地預設莊子有其藝術思想，並且實然地發生了影響，而第三點則是莊子美學最顯著的特徵，乃是視「美」

〔註 6〕沈清松並且稱莊子美學爲「存有論的美學」以別於「藝術品的存有論」，他認爲，莊子所欲解構的正是藝術品，以便張舉一種美的存有論。「美」爲明白全體存在界之真理所必備的要件，故在莊子哲學中具有核心地位。見〈莊子論美〉一文，刊於《東方雜誌》復刊號第二十三卷·第八期。

爲存有的本質，與西方近當代發展而成的「藝術哲學」是不同的範疇。況且，莊子畢竟罕少論及藝術，藝術終究不是他所關懷的焦點，如此一來便引發了「莊子美學」中是否有「藝術哲學」的涵義，甚至專門地探討莊子的藝術思想是否能獲致有效的知識此一類質疑。由於這樣的質疑牽涉到本論文的研究基礎，故勢必有加以澄清之需要，以下乃就此一問題試作討論。

第二節　「莊子美學」中是否具有「藝術哲學」之涵義

十九世紀後半葉，西方的美學研究，由於受到實證論科學觀的影響，亦逐漸變成一種經驗科學，形上美學讓位給強調經驗描述的實驗美學。近代美學的基本性格，已不再從抽象的假設和信仰出發，而是從實際的經驗出發；於是，美學徹底地從哲學體系中解放出來，使美的哲學本體論讓位於審美經驗的現象論。這種方法的先驅者是德國心理學、哲學家費希納（Gustav Theodor Fechner 1834～1887）。他所推行的方法在美學史上被稱作是「自下而上」的方法。費氏斷言：「舊的哲學方法是『自上而下』，從一般到特殊。謝林、黑格爾，甚至康德的研究，所用的就是這種方法，……我們所用的聰明的辦法則是：另闢門徑，創建『自下而上』的美學。我們應該從各種事實出發，然後謹愼地、逐漸地上升到綜合、概括。」（轉引自吉爾伯特（K. E. Gilbert）與庫恩（H. Kuhn）合著，夏乾丰譯，《美學史》，第十八章「科學時代的美學」，頁690，上海：上海譯文出版社，1989年）一直到當代，西方美學從總體的趨勢看來，仍然受到費希納的經驗主義方法的巨大影響。當代西方美學的經驗主義對於美學的思考最顯著的特徵，就在於加深「經驗的方法」和「邏輯的方法」兩種類型來進行，前者可稱爲「科學美學」，後者則爲「分析美學」。「科學美學」是透過經驗科學的方法來掌握藝術以及與藝術有關的人類行爲和經驗模式的知識，如精神分析美學、格式塔美學、現象學美學等；「分析美學」則是透過哲學分析的方法，試圖把美學研究的中心集中在與藝術和審美判斷有關的語言問題和意義問題上，如分析美學、符號論美學等。〔註7〕綜合看來，由於美學實驗主義的「哥白尼式的革命」，使得原來美學研究的主要課題，從以「美」爲研究對象，如什麼是美，其本質爲何？美如何發生？如何存在？

〔註7〕以上描述參考朱荻《當代西方美學導論》第一章第一節「概述」，頁4～9，台北：谷風出版社，1988年。

是主觀或客觀？以及對崇高、滑稽、悲劇、喜劇等傳統美學範疇的研究，轉變到研究與藝術相關的諸問題上，以「審美經驗」爲研究的核心，可以說，「美學」已爲「藝術哲學」所取代，今日所說的「美學」實即等同於「藝術哲學」。

從以上所述，如果我們以「美學」即「藝術哲學」的標準來考量莊子的「存有論美學」，那麼，莊子美學的地位，不禁要令人焦慮，而莊子美學的研究是否仍具有意義，亦面臨重大的考驗了。

不容置疑地，莊子對於「美」的意義爲何、「美」如何存在等問題，皆有一定的回答（見本章第三節）。然而，倘若要以藝術作爲對象，從而對於藝術的本質、功能等現象作原理性的思考之「藝術哲學」觀點，來面對莊子美學的研究，懷疑論者便要提出否定的態度了。對於懷疑論者的這項質疑，我們的回答有兩點：

1. 就題材而言，《莊子》此一「文本」，的確談及幾個藝術類型，而且並非只是描述性地說及，當中實際涵蘊了一些涉及「藝術哲學」的觀點。由於在人文知識中，任何一種「描述」必非絕對客觀描述者，都必然以一主觀「預見」、「預測」的形式先在於所要描述的對象。並且，更基於「文本」意義的豐富性、全面性，必須依賴於解釋者的參與始得完成，準此，則「莊子美學」中便蘊含有「藝術哲學」意涵的可能。

在《莊子》文本中，〈養生主〉「庖丁解牛」涉及藝術本質的問題；〈馬蹄〉、〈駢姆〉、〈繕性〉、〈天地〉以及〈胠篋〉等篇，關於「禮樂文章有失性命之情」的說法皆涉及藝術品的功能問題；〈達生〉中「梓慶削木爲鐻」以及〈山木〉「北宮奢爲衛靈公制鐘」涉及解釋藝術家的創造活動；〈天運〉中「黃帝答北門成問咸池之樂」，以及〈田子方〉「宋元君將畫圖」涉及藝術品的評價問題，〈天下〉「論莊周文辭風格」，涉及解釋、評價藝術品等等。現今解釋者面對《莊子》文本所談及的這些題材，在進行「理解」與「詮釋」活動時，可依文本中非直接涉及藝術之其他思想來發掘、印證這些題材所預設的可能觀點。

2. 在《莊子》中，不談及藝術的其他思想，也可能具有與「藝術哲學」相關的向度，因爲不談及藝術與《莊子》有無藝術哲學顯然爲兩回事。況且，既然可以從非關藝術之題材而提煉出相關藝術之觀點，自然是不把《莊子》視爲一封閉性的消費作品，〔註8〕而是認爲此一「文本」可以容許很多可能的

〔註 8〕巴爾特（Roland Barthes）於〈從作品到書寫的成章〉一文中，區別了傳統所

解釋。這種豐富的可能性也可以看成是內在於《莊子》本身的特質中，才有衍生相關解釋的可能。這種方法，仍不失爲就《莊子》內在意義的脈絡而論其藝術哲學的進路。

雖然，懷疑論者可能還會進一步提問：縱使《莊子》涉及了藝術哲學的討論，但是莊子的本意只是「寓修道於技藝」，「藝術」只是作爲喻示「道」的一個工具，並不具備本身價值或內在價值。〔註 9〕對於懷疑論者的第二項質疑，我們的回答亦有兩點：

1. 「藝術」的指義是多重的，當其作爲「意符」時（可以指藝術品、藝術創作等），必然有所彰顯之「意指」（指一藝術境界或藝術品中的眞理）。作爲「意符」時，「藝術」也許可以被捨棄，但作爲「意指」時，「藝術」則絕無棄置之理由。〔註 10〕

一般所用的「藝術」一詞，其意義常含混而不明確。例如，當我們說：「他從事藝術」，「藝術」一詞的意義其實指「藝術創作活動」；當我們指著一個物品說：「這眞是一件藝術」，「藝術」一詞的意義則指創作活動的產品——藝術品；當我們在欣賞一幅圖畫時說：「他畫得很藝術」或「這畫很藝術」，則「藝術」一詞，前者指的可能是「形式技巧」，但也可能和後者同樣，指的是一種整體的風格，並且可以是描述語，也可以是評價語。可知，在大多數的情形下，我們常是不加辨別地使用「藝術」這個詞語。甚至在許多著作中，提及「藝術」一詞時，常常也只是總括性地說，意謂一切的藝術活動現象，「藝術」在此只是一個概念語。嚴格說來，《莊子》隱然地涉及「藝術」的下列兩重指

謂的作品（work）與現代關於書寫成章（text）的觀念，當中強調「書寫成章靠讀者的合作來開顯；它不是消費品」，筆者未見本文，轉引自蔡源煌《當代文學論集》中〈當代文學理論的主要課題〉一文，頁 217，台北：書林出版有限公司，1986 年。

〔註 9〕劉昌元在《西方美學導論》中區別三種價值：工具價值、本身價值（inherent value）與內在價值（intrinsic value）。工具價值指一物之被需求「不是因爲它本質的緣故，而是因爲它能助某人（或某些人）達到其目的」；內在價值「指的不是物品而是有快感或滿足感之經驗」；而本身價值則是因爲一物「它能給人帶來具有內在價值的經驗」。「本身價值與工具價值相同之處在皆指事物而不指經驗，不同之處在前者與滿足感直接相關，後者只是間接地相關。」見頁 70、71，台北：聯經出版事業公司，1987 年。

〔註 10〕此二名詞借用自索緒爾（Ferdinand de Saussure 1857~1913）《普通語言學教程》，台北：弘文館出版社，1985 年。索緒爾認爲，每一個符號都看作由一個「能指詞」（Signifier）和一個「所指詞」（Signified）組成，前者指一個有聲的意象或書寫下來的對象物；後者指概念或意義。

義：第一，是指藝術之所以爲藝術的本質，也就是「藝術精神」，亦即道之境界；第二，則是指「得魚忘筌，得兔忘蹄」，而「得意忘言」的藝術成品。一旦得道之旨時，其媒介形式便當被超越、解構。

「藝術精神」是「藝術」的眞義所在，換句話說，一切藝術活動所產生的藝術品，皆應涵具意義。這意義，在莊子而言，乃是能提昇人之存在，喚醒眞實價値者。這種「藝術精神」對於藝術品的解釋者來說，也就成爲伽達默爾（Hans-Georg Gadamer,1900～2002）所謂的「眞理的期待」。張汝綸在《意義的探究》一書中便陳述伽達默爾的這種觀點：

> 伽達默爾認爲，文本固然有它的內在性，但它一旦成了我們的理解對象，或者說，一當我們要開始去理解和解釋文本時，我們總有一種對於文本所包含的眞理的期待，否則文本對於我們來說就是沒有意義的，我們也不會試圖去理解它。正是對於文本眞理的期待使我們把文本作爲一個內在的、自我包容的意義系統來對待。對於眞理或意義的期待始終指導著讀者的理解。（見第七章「釋義學和文學」，頁 209，台北：谷風出版社，1988 年）

既然，藝術品內在的永恆價値存在於它所欲開顯的意義，啓發解釋者進入道之境界，而有所體悟；相對這終極目的來說，藝術品一旦完成功能，便應立即解構，懷疑論者所欲捨棄的，應該是指這個「藝術作品」的層次而言，而非「藝術精神」。所以，沈清松在〈莊子論美〉一文中便認爲，爲了直奔美的存有學，獲取藝術境界，莊子的想法正在於解釋藝術作品，他說：

> 莊子的藝術理想就在於「進技於道」，……藝術不只是技藝而已，卻要能彰顯道趣。一旦藝術作品完成，便須藉解構的運作，加以超越。……藝術作品旨在具體顯示遊於道的意境，一旦凝思顯意，即可隨說隨掃，予以解構。〔註 11〕

這裡所說的「藝術作品完成」，當非指物質性的成品而言，更精確地說，應是指審美主體參與完成的審美對象，這個審美對象的形成才宣告「藝術作品完成」。沈清松亦強調解構藝術品，並不意味莊子是持一種單純的工具論，這也是我們對於懷疑論的第二點回答：

〔註 11〕沈清松並且借用海德格之意來說明，海氏認爲，「存有雖難表詮，總得設法予以述說；一旦有所述說，便已不相稱於存有，因而必須予以抹掃，免得落入形迹。」見《東方雜誌》復刊第二十三卷第八期。

2.「藝術」即便是作爲工具時，亦有其特殊的「工具價值」；因爲，作爲一「符號形式」，藝術並非僅是一個簡單的、物質性的工具。爲了獲取道之整全意義，「藝術符號」有被一再、重新解釋的無限可能。莊子說「得意忘言」，只是就終極的端點，並非就起始的端點及過程而說。

關於「符號」的特質，卡西勒（Ernst Cassier 1874～1945）在對其作哲學分析時解釋說：「所有在某種形式上或在它方面能爲知覺所揭示出意義的一切現象都是符號，尤其在當知覺作爲對某些事物的再現或作爲意義的體現、並對意義作出揭示之時，更是如此。」（轉引自朱荻《當代西方美學》第一章第十一節「符號論美學」，頁 209，台北：谷風出版社，1988 年）也就是說，符號的重要性在於它們能進入到人類「意義的世界」中去，並且有一種揭示意義的功能價值。一個符號，有著精神性的意義和作爲這種意義載體的形式，這兩者之間乃不可分割的結合，卡西勒的符號學告訴我們，精神性的意義唯有在符號的表現中才能得到揭示。符號在「表現」精神意義時，並不是單純地重複心靈中的各種觀、感所得，而是進行創造性的表現活動，不是現存實在的簡單摹本，「記號的觀念化內容」乃是「超越意識的摹寫論」。〔註 12〕「藝術」既作爲一種符號形式，卡西勒在其名著《人論》第九章「藝術」中強調，藝術家的眼睛並不只是被動地接受和記錄事物的印象，而是一種「構成的」（constructive）活動，〔註 13〕而早在〈符號形式哲學總論〉，卡西勒便曾說：

> 藝術圖畫並不反映感覺整體中的印象，而是選出某些「富有創造力」的因素；通過這些因素，擴大給予的印象，並按照一定的方向引導藝術創造想像力和空間的綜合想像力。〔註 14〕

由以上所述可知，「藝術品」透過其表現形式，創造性地來體現人所感悟到的世界及當中的意義。然而，由於「道」是豐富而無限的，而藝術品不能也不

〔註 12〕總括卡西勒之意是，符號活動的產物與一開始時的純粹材料根本不同，符號不是被動地接受外界無定形的材料，而是將這些材料組合成實在的各種形式和領域，在這個意義上，符號表現著我們精神意識活動的過程，爲我們構成了實在。見〈符號形式哲學總論〉，收於《語言與神話》，頁 218～228，台北：桂冠圖書公司，1990 年。

〔註 13〕見中譯本《人論》第九章「藝術」，頁 250，台北：結構群出版社，1989 年。這段話的內容與〔註 12〕大致相同。

〔註 14〕見《語言與神話》，頁 221，台北：桂冠圖書公司，1990 年。這段話的內容亦與〔註 12〕大致相同。

可能是存在的摹本，所以必須不斷以其創造性來逼顯道之意境。爲了較完整地彰顯道之旨趣，藝術品所運載的意義，便不能是圈定、封閉的；於是，解釋者必須儘可能地一再體驗藝術品，重新理解以及詮釋當中之所指，而道之整全意義，方能在這過程中逐漸顯露出來。

對於懷疑論者的二項質問既已澄清，說明「莊子美學」中的確涵攝了「藝術哲學」；不過，莊子的藝術哲學，其實質又不全然等同於當代西方的藝術哲學，由於其藝術哲思發生的歷史文化處境迥異於當代美學，故造就了莊子藝術哲學的特殊性格，此亦涉及本論文的詮釋觀點，故有討論之必要。

第三節　莊子「美學」的特質對於「藝術本質」的決定作用

「藝術哲學」是以藝術現象爲對象而作原理性的思考，在相關問題中，又以「藝術是什麼？」爲最本質的問題。描述、解釋、評價藝術時，必然對此或顯或隱地有所預設，以爲基準。莊子對於這個問題的思考，並不是根據科學知識的態度，也不是分析式的藝術哲學的態度，把藝術當作一個知識課題加以思考，也沒有對它作正面、直接的論述。如今，我們要瞭解他對「藝術是什麼？」可能的看法，就必須將此問題放入他整體的美學思想中去考察，以其美學的特質作爲探究的根據。因爲，對於莊子來說，眞正的藝術必須展現「美」之最高境界，它可以處理「醜」的題材，卻必須將「醜」轉化爲符合「至美」的境界。以「美」爲對象的「美學」與以「藝術」爲對象的「藝術哲學」是一體的。事實上，無論東西方，在早期的藝術思想中，根本無意去劃分二者。

關於莊子美學的特質，李澤厚在《中國美學史》中「莊子的美學思想」論到：

> 莊子的美學同他的哲學是渾然一體的東西，他的美學即是他的哲學，他的哲學也即是他的美學。這是莊子美學一個突出的特點。（第七章，頁259、260，台北：谷風出版社）

至於莊子的美學與哲學究竟是怎樣內在地聯繫，李澤厚進一步說：

> 莊子認爲那永恆無限、絕對自由的宇宙本體——「道」是一切美所從出的根源。莊子論「道」同時也是論美。他從不離開「道」去講美。他的美學同他的本體論是不可分離的。（李氏前揭書第七章，頁274）

「美」的最高根源是「道」，所以「藝術」的最高根據亦應爲「道」，此即爲藝術之所以爲藝術的「本質意義」。至於如要討論此本質意義的形成及內容，便必須從其「發生意義」（參勞思光《中國哲學史》第一卷第一章，台北：三民書局，1987 年）說起，換言之，考慮莊子美學的此種特質，必須將它置於歷史文化的時空下來觀察，才能深刻地掌握其生成之由，此乃討論莊子美學所必經之途。因爲中國學問的形成，很少像西方那樣產生於純粹思維的分析論斷，而是產生於歷史經驗的具體解悟，所以不能與歷史脈絡割裂而只論其本質意義。顏崑陽在〈論先秦儒家美學的中心觀念與衍生意義〉一文中便認爲「討論中國的一家之學，所謂『本質意義』假如完全脫離『發生意義』，便很難獲致實質性的理解。因此，對一家之學的研究分期斷代而考慮其文化處境，會使問題的解答，更爲具體而切實。」（本文刊載於《文學與美學》論文集第三集，台北：文史哲出版社，1990 年）尤其在人類文化的早期，藝術更容易處於依賴社會條件，受社會條件影響的情況。

莊子的時代，是個人心「與物相刃相靡，其行盡如馳，而莫之能止」、「終身役役而不見其成功，苶然疲役而不知其所歸」（〈齊物論〉語）的時代，貴族文化的奢靡腐爛，帶來虛僞、巧飾種種的弊端，充斥著的盡是「世俗浮薄之美」、「純感官性的樂」、「矜心著意之巧」（見徐復觀《中國藝術精神》第二章「中國藝術精神主體之呈現」，頁 75，台北：學生書局，1988 年），藝術活動的觀感純粹是直接的感性情緒的作用，藝術品的製造，則爲機心的工具理性之運作。莊子極力批判這種現象，以爲巧智徒亂人心，而工具理性之濫用將自絕於道，導致人存在本身之異化。因爲社會風氣的低迷影響文化現象的庸俗，而文化現象的庸俗更無以提昇人之存在價值，工具理性反過來宰制價值理性，藝術已喪失其理想。莊子認爲，眞正的藝術，應該能具有抵抗社會世俗價值的力量，而揭示一種永恆而眞實的理想，這種揭示人存本原之道的特質，恰恰才是藝術存在的依據，藝術一旦體現此一特質，便具有超昇庸俗文化的原動力，使人從舊有庸俗的價值觀掙脫、超越而出，能對事物產生全新的觀照，因此，眞正的藝術對於人心應當有一種阿多諾（T. W. Adorno, 1903～1969）所說的「震動」、「驚愕」的反應：

> 作爲有關生活經驗的傳統觀念的反題，震動決不是自我的特殊滿足方式；確實也無愉悅可言。確切地說，它提醒人排除自我。由於受到震動，自我覺察到自己的局促和有限，因而震動的體驗與文化產

業所提倡的自我的弱化截然相反。〔註15〕

阿多諾以爲對藝術正當有效的主體反應是一種驚愕，驚愕是由偉大作品所激發，也就是一種震動。在這一片刻中，他凝神於作品，感受到在審美意象中顯現的人生眞諦，而不像在文化產業（或文化工業）中，藝術只是迎合大眾口味的消費品，創作者只是注重巧飾的形式而不講究內容的品格，欣賞者則把藝術品當作爲感官服務的娛樂。總之，莊子批判徒具感官性及工具理性之技藝，他的用心是「要從世俗浮薄之美追溯上去，以把握『天地有大美而不言』(〈知北遊〉)的大美，要從世俗感官的快感超越上去，以把握人生的大樂。要從矜心著意的小巧，更進一步追求『驚若鬼神』的，與造化同工的大巧。」（徐復觀前揭書第二章，頁57）

「大美」、「大樂」、「大巧」所以可能，乃基於「美」——最高根源的道體——這個超越依據。這是莊子投注於歷史文化的脈絡中，依人之實存經驗爲入路，而提出超越此實在經驗的理想。「美」的根據爲「道」，此乃美之爲美的內在本質意義。由於莊子美學與哲學有著如此內在的聯繫，方呈現出以下幾個特質：

1. 「美」的極致爲「至美」，就其呈現的客觀境象而言，是一有理序、和諧、眞實的自然現象，此即「天地有大美而不言」的寂然境界，卻隱涵著自然生命和諧的律動。這種天然的節奏，就是莊子在〈齊物論〉中所說的「天籟」。天地之籟由萬殊之聲並發而成，卻有著「聲雖萬殊，而所稟之度一也」（郭象注語，見郭慶藩《莊子集釋》）的和諧。

2. 天地之美的境界，實爲精神主體之心靈所體悟而得的價值境界。在莊子，這個價值，它的絕對性建立在超越於人之主觀所設的相對價值之上，內在主體能夠遣除造作是非之成心，破除人爲對於宇宙萬象的框架，一任眞性流露而直觀天地，方能「原」天地之美（〈知北遊〉曰：聖人者，原天地之美而達萬物之理），而這個觀照主體之「無心」所朗現的內在境界，亦就是「至美」的表現。並且，精神主體透過心靈的修養去獲致至極之美，也就具現了至高無上精神的「人格美」。

3. 「至美」之境界，乃發生於審美主體與審美客體交融合一時。就審美

〔註15〕羅務恆《當代西方藝術文化學》「藝術與社會」，頁77，北京：北京大學出版社，1988年。阿多諾爲法蘭克福學派主要代表之一。他主張，藝術的社會性根本就在於它站在社會的對立面，而不是服從現存的社會規範，並由此顯示自己的「社會效用」。

的效果而言，主體心靈必然體受了「美感」，而此「美感」亦必然同時帶來「樂感」，此種樂感，是爲「至樂」，不同於一般感官情緒直接產生的樂感，也不是西方美學的經驗主義者所說的「快感」，因爲「西方審美活動中所謂的『快感』，都指由視、聽等感官作用於一特定的審美對象，從而獲致心理情緒上的快適經驗。它與審美對象恆存著因果關係，沒有審美對象，也就沒有快感。故它是緣起的、短暫的，非主體心靈自在恆常的操存」（引自顏崑陽〈從莊子「魚樂」論道家「物我合一」的藝術境界及其所關涉諸問題〉一文，收於《中國美學論集》，頁 131，台北：南天書局有限公司，1987 年），至於所謂的「至樂」，顏崑陽指出：

> 就是見道之後，一種自由無限、逍遙自在的心靈境界，乃是主體通過「致虛守靜」的修養工夫所得，不從外境對象的感觸而來，故恆常、絕對、自在、自足。「至樂」既是最高樂，無哀樂之相，也就是超越生理情緒哀樂相對之假相，故〈至樂篇〉云：「至樂無樂」。（同上，頁 132、133）

這種「至樂」的「樂感」，也就是莊子對鯈魚出遊現象作美底觀照，因而得出「魚之樂」的趣味判斷之所由來。

4.「至美」就其客觀性來說，是一個渾然不封，普遍流行之「天地有大美而不言」的境界；就其主觀性來說，則是主體心靈無所用心、超越哀樂相對之「至樂」的境界。二者皆是一種不可言喻之非描繪性的意域，此亦由於「道」是一不可限定的境界，語言之限定描述，必然破壞「道」之整全。既然「至美」、「至樂」之境是不能以言說表達的，那麼在傳達上就必須運用種種「非分別說」的方式。〔註 16〕所以，莊子爲我們示範了寓言、重言、卮言、弔詭之辭等非一般言說的表意方式。

以上乃是以「美」爲對象，對莊子所謂「美」的一些特質作概括性的說明，如果我們將具體的藝術活動置入這些特質的脈絡下，以尋求藝術活動與「至美」的道境界的內在關連，可以得出藝術之所以爲藝術的本質所在，當

〔註 16〕牟宗三說：「用非分別的方式把道理、意境呈現出來，即表示這些道理、意境，不是用概念或分析可以講的；用概念或分析講，只是一個線索，一個引路。照道理或意境本身如實地（as such）看，它就是一種呈現，一種展示，……如寓言、重言、卮言，又如謬悠之說、荒唐之言、無端崖之辭，來看莊子的思想，他所呈現的就是非分別說。」見《中國哲學十九講》第十六講「分別說與非分別說以及『表達圓教』之模式」，頁 347，台北：學生書局，1986 年。

中的層次可循序如下：

1. 「宋元君將畫圖」的藝術寓言，深刻地揭示眞正的繪畫具有一種「解衣般礴」的「意境」。此「意境」就是文藝創作者透過媒介經營形式而表現主體悟「道」的心靈經驗。這種成品才是可以生發美感的藝術品，而欣賞者在面對此一藝術成品，則能更有效地將「藝術成品」轉換成「審美客體」。〔註17〕

2. 藝術作品的「意境」由作者創造而出，復由解釋者領悟而得，這都必須是主體懷有「藝術心靈」才能奏功；亦即對於世界之種種現象，能以異於尋常慣用的觀看方式去感悟，這種特殊的觀看方式就是「美底觀照」。通過「美底觀照」體見「至美」境界之後，再依據具體的媒介形式表現這種內在經驗。

3. 問題正在於「藝術心靈」如何可能？莊子認爲，這有賴於主體心靈的修養工夫，事實上也就是「人格美」的形成歷程。準此，則顯示了作爲藝術創造的主體與作爲悟道的主體在乃爲同一。所以方東美說：

> 天地之大美即在普遍生命之流行變化，創造不息。聖人原天地之美，也就是在協和宇宙，使人天合一，相與浹而俱化，以顯露同樣的創造。換句話說，宇宙之美寄於生命，生命之美形於創造。(《中國人生哲學》第一章「中國人生哲學概要」，頁 53，台北：黎明文化事業公司，1983 年)

又說：

> 一切藝術，都是從體貼生命之偉大處得來的。(同上，頁 54)

由以上可知，在莊子，藝術創造的完成，也就是「道」的具體顯現。所謂「藝術之最高根據爲道」的意義，表現在：

（一）作品的體要「道境」，應該是「至美」的具現，表現了道的境界義；

（二）創作、解釋主體之藝術心靈，表現了道之精神義；

（三）藝術家的主體修養工夫，表現道之工夫義。

（一）與（二）爲「道」的靜態現相，而（三）則是「道」作爲歷程的動態現相。由此也可以知道，處於藝術活動之關鍵地位者爲「藝術心靈」，此精神

〔註17〕法國現象與美學家杜夫海納（Mikel Dufrenne 1910～1995）認爲，由藝術創作者製成的作品還要被觀眾知覺才告完成，他說：「藝術作品刺激目光，目光把藝術作品改變成審美對象。」意謂審美對象的存在就是通過觀眾來顯現的。相關意見請參考其著作《美學與哲學》「第一部分：美學中的哲學問題」，北京：中國社會科學出版社，1985 年。

主體爲一切藝術活動之形上依據。而此種「藝術精神」觀念也是莊子藝術哲學的核心。總之，能夠具現「道」的那種藝術，才符合莊子理想中的「藝術」——「道技合一」的藝術。而當中最具樞紐者則在於主體之藝術心靈的培養，此與莊子道論中最重視工夫論實相一致。同理，也能明白「技進於道」所以可能，也就在於「技」具備了此種可通契於形上精神的特性。

第二章　本文研究的思維方法、論述程序及資料處理

第一節　思維方法

此處所謂的「思維方法」包括兩方面：研究方法以及詮釋觀點。前者指處理本文諸論題時思考形式上的程序；後者指本文終極的解釋立場。

莊子關懷許多的哲學問題，但是，不論在思維方式或表述方式上，他所採取的往往是非哲學的方法，亦即是一種研究哲學的非哲學方法，所謂的「後哲學」（postphilosophy）。既爲非哲學的方法，故後世詮釋者對於莊子哲學往往產生許多不同的研究進路。對於莊子之「道」的研究，學者近來有從「語言哲學」的角度入手去探索莊子如何描述道的趨勢，〔註1〕畢竟要瞭解莊子道論的眞理內容究竟爲何，必須透過他所表述出來的語言。「藝術」，是莊子描述「道」的另一個進路，此進路與語言之進路相同，俱表現莊子意在揭示眞理的用心。如果我們重視莊子語言哲學的研究成果，則對於莊子「技進於道」

〔註1〕關於語言哲學的界定及範疇，黃宣範說：「語言是有意義的結構體，而且語言之有意義在於它具有結構，結構實際上影響或決定我們要表現的意義，或我們要追求的意義，……哲學的活動使我們深入探究人文活動的意義是什麼，語言哲學的活動就是追求語言意義的學問。」「語言哲學的任務是分析、澄清或研究與語言（的使用）有關的概念。」參《語言哲學》導言，頁1；自序，頁7，台北：文鶴出版有限公司，1983年。因此，以「語言哲學」來研究《莊子》，主要的課題就是去發掘莊子對於語言與道之間的體認爲如何，以及他如何用語言來表意。

這個別出心裁的喻道方式，亦應當予以重視。實質上，語言哲學之進路未能脫離藝術哲學之範疇而單獨用來作爲考究莊子道論的方法，因爲莊子的語言觀並不落在將語言作爲知識對象而客觀地分析語言的構成系統。莊子眞正注意的是「歷時性」的語言，〔註 2〕即在歷史文化中流通變異、約定俗成的語言，如〈齊物論〉中的語言觀即是；以及「文學性」的語言，亦即具有象徵、暗示作用的語言，如他用來表意的寓言等。所以，儘管莊子藝術哲學並不能全部涵括其語言哲學，但缺乏從藝術的觀點去研究莊子的語言，亦必然不盡全面，可知前者當有助於後者之研究。

傳統對於莊子藝術哲學之理解，大都是透過「由道而藝」的方法，即以「道」爲切入點來思索藝術概況，圍繞道的種種性格來考察藝術的特質，這自然是因爲在莊子美學體系中藝術本質是爲「道」所決定。然而，既然莊子是從根本的道體來開展藝術，以藝術精神爲藝術活動之根據，所以，如果我們從莊子有關藝術活動的寓言及相關思想，逆推而上，應能尋得一藝術精神，再比較於道體，便能得知藝術精神與道體有何關係，乃至技藝活動如何可能進昇於道的層次。因此，本文研究之方法，乃有別於一般採取「由道而藝」的方法，而代之以「由藝而道」的進路來詮釋莊子的藝術哲學。「由藝而道」的方法，是想從藝術活動的各種脈絡中，包括藝術創作（包含傳達）、作品形成、詮釋（包含接受）、作品完成等，來具體地探究《莊子》中，「藝」與「道」的關係。這個方法不同於原則地或思辨地說明「道」、「藝」的關係。不過，由另一方面看來，研究方法應適當於研究對象，任何方法的運用，皆有其內在限定，有其自身適應的範圍及客觀的根據。根本地說，每種方法皆相應於其本體意識而有所限定。本文的研究，並不希望止於對藝術性質作邏輯分析的認識層面，而是期許透過對藝術活動的分析以得其與道之間的關聯，終極依準仍在於最高層次的「道」，所以，「由藝而道」之法的本體意識是建立在「道」之上，本文一切詮釋皆依莊子之「道」而有所限定。如此一來，「由藝而道」之法與「由道而藝」之法似乎並非極端對立、截然二分，乃是相互印證，相互補充。關於方法的反省，成中英曾說：

> 由於一個理性系統、一個方法的運用，往往有它看不到的限制，所以可以對方法提出一個本體的批評。……另一種，是自方法的知覺

〔註 2〕索緒爾將語言學區分爲「共時性」與「歷時性」的語言學，前者指研究語言較穩定的結構系統，後者則是研究語言在歷史中的生成變化。參其《普通語言學教程》，台北：弘文館出版社，1985 年。

> 對本體的一種批評。任何思想的批評，可以分成兩種：對方法的批評和來自方法的批評。這兩種批評是相互的，在我們的說明中就是本體的批評方法和方法的批評本體。（引自〈從本體詮釋學看中西文化異同〉一文，收於《中外文化比較研究》，北京：北京三聯書店，1988 年）

我們可以這樣說，「由道而藝」就是「本體的批評方法」，而「由藝而道」則是「方法的批評本體」，二者形成詮釋上所必要的循環。〔註 3〕

任何一種詮釋進路，必然與其詮釋者的「詮釋觀點」有所關涉。本文之研究方法即爲「由藝而道」，則在詮釋「藝術」與「道體」的關係時，對於「藝術」的特性便不能不有所註解與規定；然而，莊子於此卻鮮少直接論及，以致我們對於莊子的藝術觀，只好方便地建立一個基礎預設；不過，此預設乃是自莊子美學的內在理路衍發而來。

在第一章中已略微談及，我們認爲，莊子對於藝術的看法乃是屬於人存主義的觀點，藝術是透過感性形式來表現人之存有經驗與所體悟的價值理序。〔註 4〕藝術必要涉及人的存在，涉及人與世界關係的體認。而莊子人學的中心任務則「在於揭示人的自由的可能性和現實性」。〔註 5〕一切藝術活動的究竟目的，皆在於揭示此一存在的眞義，是要把終極存在「至美」表現出來。換言之，人應該如實於「道」而存在著，「道」使人成其爲人；因而藝術亦根據於「道」，這個「道」就是決定藝術的具體現象，以成其爲美的「美本身」。準此，則莊子的藝術觀又屬於「形上美學」。總之，我們認定，莊子對於藝術本質的體認，是基於「存有論的形上美學」。對於此「存有論的形上美學」的藝術觀，也許我們可以作以下三點提問：

〔註 3〕「解釋的循環」（hermeneutic circle）原由海德格在《存有與時間》中提出的。後由伽達默爾進而肯定其本體論意義，認爲解釋者認識對象，必須根據事物本身，但並不意味這些事物是客觀地存在那兒爲解釋者所掌握，解釋主體必要去除一切理解的背景，相反地，他要以一預設的意見去理解事物，亦即理解的「成見」是必要的。海德格強調「解釋的循環」不是一個「壞的循環」，而是可「被容忍的循環」。參張汝倫《意義的探究》第五章「哲學釋義學的興起」，頁 129、130，台北：谷風出版社，1988 年。

〔註 4〕事實上，先秦儒家所認爲的藝術本質，也是以感性形式來表現成熟之人格與和諧的社會秩序。在儒道二家，藝術絕非可以脫離人生而說其獨立意義。

〔註 5〕作爲一存在的詢問者，莊子提問人的存在究竟有無自由可言？人的自由來自何處？自由的內涵爲何？這些都是人存在的本質問題。參邵漢明〈莊子人學二題〉一文，刊載於《哲學與文化》第十八卷第一期。

1. 藝術的存在價值不必然要關聯於人之存在價值，那麼如何解釋莊子的存有論與藝術活動的關聯？

2. 當代分析美學堅持「藝術本質」的詢問是沒有意義的，不能也不可能予以回答，那麼，如何定位「存有論形上美學」的藝術本質的意義？

3.「存有論形上美學」認爲藝術必要與存在主體相關聯，如是的觀點與西方「美學主體化」的傳統美學〔註6〕有何差異？

實質而言，莊子的存有論與藝術活動的關係，並非在理論上推演出來的邏輯關係。在概念上不斷後退窮究藝術本身存在的「因」，這種思維方式並不相應於莊子，在他看來，存有與藝術的關係是「實踐解悟」地連繫，這種二個存在項作異質性地跳躍的因果關聯，是無法以推演式的邏輯來論證的。關於此，顏崑陽說：

> 他們（先秦）在美學上的中心概念，乃是從個體自身的價值存有與個體和個體合理的秩序去具體解悟「什麼是美」以及「美如何存在」。然後推衍出去，才會觸及到人存與藝術之間的關聯。其因體致用，由本及末的思惟進路，完全相應於人存的實踐因果邏輯。（引自〈論先秦儒家美學的中心觀念及其衍生意義〉一文）

這段話提示了兩個重點：第一，先秦美學是以存有論的角度來思索關於美的問題，並以此爲基準，再去建立藝術的存在地位；第二，既不能脫離存有來考量藝術，則顯示人存爲體，藝術爲用，二者爲「體用相即」的實踐因果邏輯關係。換言之，在「體用相即」的關係中，人存與藝術二個異質物因而得以轉換成同質性的存在。這種因果邏輯只有在實踐時的具體感悟中得以成立，斷不能以概念推演判定其有效或無效。

至於第二點，藝術的本質意義是否可能獲致確切的答案？此一提問，乃是源自於當代分析美學的質疑。分析美學是採用維根斯坦（Ludwig Wittgenstein 1889～1951）以來的語義哲學的研究成果去對待美學問題，他們共同的信念就是：對「美」、「藝術」進行概括性的界說是毫無意義的命題。在維根斯坦早期的著作《邏輯哲學論說》中說到：

> 哲學中的絕大部分命題和問題並不是假的，而是無意義的，因此我

〔註6〕伽達默爾以爲西方美學一直有「美學主體化」的傳統，直到康德由趣味概念出發的美學，推重的是先驗主體，即天才，完全揭示了美學中的主體性精神，「美」的秘密就在於主體。參《眞理與方法》，王才勇譯，瀋陽：遼寧人民出版社，1987年。

們根本不能回答這一類問題，我們只能認爲它們是荒謬的，哲學家們的大多數問題和命題是由於不能理解語言中的邏輯而來的。無論善與美有多大的同一性，它們都屬於這類問題。（轉引自朱荻《當代西方美學》第十節「分析美學」，頁 124，台北：谷風出版社，1988 年）

可知，維根斯坦之意是，「美的本質是什麼」這個問題在邏輯上並非眞，亦非假（如果爲假，表示仍具意義），而是無意義，故爲荒謬、不可理解的詢問。傳統美學各個學派，不管彼此在理論上有何分歧，卻都一致主張各類藝術必然具有共性，通過概括性的描述，可以對藝術作出具有普遍意義的界定。帕克（De Witt Parker）就曾尖銳地指出美學家在提出「藝術是什麼」這一類問題時，都假設它一定可以尋求到確當的答案。他在〈藝術的性質〉一文中，這樣寫道：

一切藝術哲學都有一個共同的假設，就是不論諸門藝術在形式和內容上如何差異，其中都存在著一種共性，一種在繪畫與雕塑、詩歌和戲劇、音樂與建築中保持不變的東西。人們也承認，一件藝術品都有其獨特風格，一種只可意會，不可言傳的東西使其與其他任何作品難以同日而語的東西。但是另一方面，却又有某一種或某一類標誌，它們只要適用於任何一件藝術品，就必定適用於一切藝術品，而不適用於藝術以外的任何其他事物——可以說，這是一種共同點，它構成了藝術的定義，把藝術與其他人類文化的領域區分開來。〔註 7〕

不僅如此，維根斯坦後期著作《哲學探究》中，曾利用「家族相似性」（family resemblance）的概念來描述許多種「遊戲」只存在著相似特徵。〔註 8〕分析美

〔註 7〕肯尼克爲帕克解釋，我們畢竟僅用「藝術」這一名稱去指涉不同的藝術類型——圖畫、詩歌、樂曲、雕塑等，自然是認爲這些東西之間必定有某種共同點，否則我們怎麼會將它們統稱爲藝術呢？肯尼克並且強調這是傳統美學最首要的錯誤。請參考肯尼克（William E. Kennick）〈傳統美學是否基於一個錯誤？〉，收於李普曼所編《當代美學》。帕克之意見，轉引自此文，見該書頁 222，鄧鵬譯，北京：光明日報出版社，1987 年。

〔註 8〕維根斯坦的家族相似的理論出現在他的《哲學探究》第一卷第六十五到六十七節。在論及他所謂的語言遊戲時，維根斯坦寫道：
這些現象並沒有產生任何我們所稱的語言的共性，相反，我要指出的是，由於這些現象之間沒有任何共同點，我們更不能用同一字眼概括全體。但是它們以許多方式互相聯繫著。正是由於這種或這些聯繫，我們才統稱它們爲「語言」。（第六十五節）

學家充分運用了這種理論以駁斥傳統美學企圖尋找一個符合必要和充分條件的藝術定義。他們認爲諸藝術品間只存在著相似點而無共同點，並進而肯認像藝術一類的類概念，是「開放式」的，而非「封閉式」的。莫里斯·韋茲（Morris Weitz）就認爲，在藝術領域中，不斷出現的新形式以及各種運動都會導致藝術這一概念的改變，所以絕不可能爲藝術這一概念提供必要和充分的條件，視藝術爲封閉的概念，只會束縛藝術的創造性。（參朱荻前揭書第十節，頁136、137）

對於分析美學以上的看法，西方學者多已提出批評，〔註9〕我們並不打算再作詳盡討論，而只提出與本文相關的幾點看法：

1. 分析美學所以無效於尋求藝術本質，乃因爲他們太把焦點放在「藝術品」上所致。他們以爲只要堅持不懈地把認知焦點放在藝術品上，則藝術本質的問題便可眞相大白，那麼結果恐怕未必能如願以償。因爲，就客觀存在的藝術品而言，詩是詩，畫是畫，樂是樂，各自有其物質媒介及特殊屬性，不容相互逾越。〔註10〕然而吾人竟然統稱其爲「藝術」，足見，吾人其實並非從它們的物質或形式層面去尋求所謂的本質，也就是說，吾人乃發掘了藝術品的「隱型特徵」而不是「顯型特徵」，〔註11〕而藝術品的隱型特徵就存在藝

隨後他用了許多種「遊戲」來說明他的論點。這些遊戲有棋類遊戲、紙牌遊戲和球類遊戲等。他的結論是：

我們看到的是重複交叉的相似點的複雜網絡。有時候是所有的細節上的相似。（第六十六節）

我想不出比「家族相似」更貼切的字眼來描述這些相似了，因爲一個家族的成員之間的各種相似之處——體形、容貌、眼珠的顏色、步態、氣質等等以同樣的方式重複交叉。我不得不說：「遊戲」組成了家族。（第六十七節）

轉引自曼德爾鮑姆（M. Mandelbaum）之〈家族相似及有關藝術的概括〉一文，見李普曼所編《當代美學》，頁250。簡括維氏之意，我們不應該認爲被同一字眼稱呼的全部對象在任何情況下都必定具有某種共同特徵。事實上，人們使用同一名稱的依據只是不同事物和活動的交叉和重複的相似特徵而已。

〔註9〕可參西布利（Frank Sibley）〈藝術是一個開放概念嗎？——一個懸而未決的問題〉、迪基（George Dickie）〈何爲藝術？〉、曼德爾鮑姆〈家族相似及有關藝術的概括〉等文，收於李普曼所編《當代美學》。

〔註10〕早在德人萊辛（Lessing）的著作《拉奧孔》中便提出詩畫兩種表現媒體有所不同。不過，西方亦有一「出位之思」的傳統說法，「指一種媒體欲超越其本身的表現性能而進入另一種媒體的表現狀態的美學」（見葉維廉〈「出位之思」：媒體及超媒體的美學〉一文，《比較詩學》，頁195，台北：東大圖書公司，1983年）。而在中國，一直就認爲「詩中有畫，畫中有詩」。

〔註11〕曼德爾鮑姆批評維根斯坦只注意到家族成員之間，在表面上相似的外部特

術的本質中，若此，則藝術品的共性便可能發現。

2. 這是因爲，詢問「藝術的本質」是不同於詢問「藝術品的本質」，甚且可以說，後者必然要根源於前者才有可能獲致。分析美學說藝術本質的問題毫無意義，其實是混淆了「藝術」與「藝術品」二個不同的概念。我們可以設想：藝術作品的本質乃得之於藝術作品，可以通過對現實中各種藝術作品的比較考察而歸納出來。但是，假若我們事先不存有一「藝術」的概念，那麼如何能確認一物是爲藝術品呢？所以，藝術品的本質不能止於把呈現在眼前的藝術作品的標記集中在一起就可以「徹底地」把握，藝術品之能成其爲藝術品的本質是依據一個超越物質藝術品的抽象存在，即「藝術」。換言之，「藝術」對一切藝術品來說，是共同的東西。

3. 莊子所認爲藝術的本質，基於「存有論形上美學」，就是爲藝術品尋求一超越依據，而藝術本質則必須向創造藝術品的藝術心靈去尋求。此心靈根源於存有者眞實的存在經驗及超越的價值觀，因而成就一種特殊的觀看之道，亦即一切藝術活動是源出於這個直觀「存在」的「存在者」。當然，莊子這個藝術的形上依據，只是作爲界定藝術本質之基礎的規範條件，藝術創作依此可有種種的表現形式，因而容許一切可能的創造性，是極具「開放性」的，並且是「有原則地開放」，它界定藝術卻又不束縛藝術，放任藝術的創造卻又不喪失自主性的終極理想。〔註 12〕然而，在此我們也會疑惑：莊子把藝術本質立足於「藝術精神」，是否有落入藝術之主觀主義的嫌疑？並且，其「存有論形上美學」的藝術觀與西方「美學主體化」的傳統美學究竟有何差異？

我們知道，存在主義美學之祖海德格（Martin Heidegger 1889～1976），其對藝術本質的思考，乃是內在地聯繫了藝術與存在的眞理，因而反對傳統美學將藝術品視爲感性經驗之對象，欲解構傳統遺忘「藝術品」乃本原於「藝術」之美學觀。探究海氏所持之理由，依沈清松的說法有三層：其一，是因爲傳統美學假定了主體哲學，一物所以爲美，乃是對我而言才有美，關於美或藝術的評價，也只是個人品味的主觀好惡；其二，因爲傳統美學把藝術品視爲引起令人愉悅的感性經驗對象，只停滯在存有者感官之形器層次；其三，

徵，忽略了非顯而易見的血緣上的遺傳關係。同〔註 8〕，頁 252～254。藝術本質的考慮，亦應顧及藝術家的情感、欣賞者的感受，這些都不能單由審視藝術品本身而得到的「隱型特徵」。

〔註 12〕迪基便認爲：「實際情況倒可能是：藝術的一切次屬概念都是開放的，而其總概念是封閉的。」見〈何爲藝術？〉，收於李普曼所編《當代美學》，頁 103。

因爲感官經驗的美感遮蔽了眞理的開顯。(以上參考沈清松〈莊子論美〉一文)莊子與海德格同樣重視藝術與存有的關聯，藝術要開顯眞理，故不能執於感官情緒上的快適，而是要超越此一形器層次，進入道之至美的境界，所以不同於上述第二、三點所說的西方傳統美學。並且，在第一章第三節中，我們已一再強調過，莊子所說的藝術，其最終是一「至美」的境界，是根據「道」所開展而出，「藝術心靈」乃是展現道之「精神義」，故其所謂「主體」實具普遍性與超越性，而非如西方主體哲學之美學，其所謂「主體」最終不免落入相對主觀的地步。

以上我們已澄清關於本文詮釋觀點所可能被提及的幾點疑惑，主要是在說明，我們認爲，莊子是將藝術本質植基於其存有論中，二者屬於具體地實踐解悟的因果關連，而非概念不斷後設的邏輯關聯。這個「藝術本質」乃是「藝術品」之所以爲藝術品的超越依據，並非要扼殺藝術的創造性，藝術品可以創造各種形式以表現此一本質，故爲「有原則地開放」。並且，作爲藝術之形上依據的藝術心靈，此主體精神乃依於道，體合於道，不以自己爲中心，故有其普遍性與超越性，不同於西方之主觀主義。

第二節　論述程序

本文一開始，即以不少的篇幅來說明及強調《莊子》文本中可以衍生出一套特有的藝術哲學，而此藝術哲學乃決定於莊子「存有論的形上美學」之種種特質。之後，我們又說明了本文技術上的研究方法以及全文終極的解釋觀點。事實上，這些都可以說是我們面對研究對象、處理論題的「前——理解」。〔註13〕並且，本文在論述程序上的安排，是以幾個提問的論題作爲行文的鋪陳。我們之所以作這樣的安排，則是基於「前——理解的存在說明，批評者並非白板一塊，因爲一個貧乏的大腦不能理解也不會告訴我們任何東西。忠實於理解的衝動之眞正的前——理解就其本性來說，是不斷地提出問

〔註13〕前理解包括：前有、前見及前設。前有指的是解釋主體的「文化背景、傳統觀念、風俗習慣，他那個時代的知識水平，精神和思想狀況，物質條件，他所從屬的民族的心理結構等等這一切他一存在就已有了並注定爲他所有，即影響他、形成他的東西，就是所謂的前有。」前見是解釋的特定角度和觀點，即解釋的入手處，其功能是「把我們的注意力引向一個特定的問題領域」。至於前設則是對解釋對象預先所作的一些假設。同〔註3〕，第四章「釋義學的本體論轉折」，頁107、108。

題。」（引自米歇爾・默里〈新闡釋學的美學觀〉一文，收於王魯湘等編譯《西方學者眼中的西方現代美學》，頁 99，北京：北京大學出版社，1987 年）。因此，本文在第三章以後的論說程序上是以在第一章第一節中所提出的五個美學論題來貫串，其中以第一個論題：「莊子爲什麼要用『藝術』來喻示『道』？」或者說是「『藝術』爲何可以被莊子用以喻示『道』？」爲引導論題，由這個論題可以導出四個依次相關的論題，而以最後一個論題爲核心母題：如何在具體的藝術活動中一一印證「藝」與「道」的關係。並且，這個核心母題，必須透過三個子題：作者、讀者、作品，始獲解決。全文的討論由「道」、「藝」二者關係的討論展開，以下就一一細說二者的關係；所以，全文大致可區分爲總論以及分論兩大部分。

在第三章中，我們所要處理的是「藝術」與「道」之間的關係問題，有兩項討論重點：

第一節：「道」與「藝」是否必然關涉？就這個論題，我們想要說明的是：

1. 「道」作爲一切存有者的存在眞理，爲了表明其爲「存在」，故必須自我展現出來。人，作爲一特殊的存在者，其體現道，便是道自我展現的證明。
2. 人以「藝術」作爲一個理解世界的特殊方式，由此而說「道」必然關涉於「藝」。
3. 人如何表現道？有談論式的表達方式，有體悟式的表現方式。就「藝術」作爲保存、傳達道之體悟式的表現方式而言，「道」必然關涉於「藝」。

從人的表現道來證明「道」與「藝」有所關涉，那麼，二者又是如何地關涉？

第二節：「道」、「藝」如何地關涉？就這個問題，我們想要說明的是：

1. 就形式結構來看，當「藝術」是作爲「能指」之意義時，「道」與「藝術創作」或「藝術品」爲兩個不同之存在物，以二者具有相似性，故後者可以用來比喻前者，就此而言，「道」與「藝」有著類比關係。但是，在莊子的藝術哲學中，「道」、「藝」不僅止於外在的類比關係。
2. 就實質內涵來看，「道」的境界，就是一種「藝術精神」的呈現，「藝術精神」是「道」之一相。由於道體不可描述，故若就道相以說道體，則可謂「藝術精神」即「道」，就此而言，「道」與「藝」有著「體用不二」的本質關係。

關於分論，是要處理如何在具體的藝術活動之脈絡中，見出上述「道」

與「藝」的關係，這部分我們將分爲三章以作討論：

第四章爲創作過程與修道歷程的關涉，這部分所要討論的是在藝術之全體活動中，藝術家創造藝術品的現象，與修道者修道過程相較有何相似之處。這個問題我們將依創作前的主體修養工夫、創作時的審美心理以及創作後審美經驗的形成三節來討論。第一節是關於工夫的論述，第二節是關於主體修養時的意識或心理狀態的論述，第三節則是經驗完成時種種心理特徵的論述。

第五章爲「解釋原則」與「體道原則」的關涉，這部分所要討論的是藝術鑑賞活動中，解釋者理解與詮釋作品的態度，與體道者的體悟道理之態度有何相似之處。這個問題，我們將各依文本意義的獲取、文本意義的開放性以及文本意義的默會致知三節來討論。第一節是要說明閱覽文本的終極目的在於獲得其有效的寓意，語言文字就是爲傳達意義而存在；第二節是要說明文本意義不是透明的，乃是開放予具能動作用的讀者；第三節則是要說明文本的「言外之意」、「弦外之音」無法一一分析而得，畢竟必須依賴讀者的「默會致知」的直覺力才有解悟的可能。

第六章所要討論的是藝術品「意境」中，「道心」或呈現或隱蔽的表現原理，意境爲一作品總體的風格展示，乃是透過一定的表現形式來彰顯內容主旨，內容與形式是辯證互動、彼此牽引的有機組合。然而除了文學作品能較直接地以文字的媒介來傳達意義外，其他之藝術門類幾乎就只能靠非文字的形式手法以映現出意思。因此，在這章我們將以中國山水繪畫爲討論範疇，採用兩個藝術表現方法的具體範例來說明：

1. 山水繪畫中流動的氣韻爲一「無言之境」，亦即道之「至美」的境界。
2. 在傳達這樣的藝術境界時，必然遭受到表現上的限制，因此必須藉種種特殊的手法，來象徵地、暗示地創作出一「有意味的形式」，以超越表現上的限制。形式其實是包括可見的媒材經營以及不可見的「形式思維」，例如山水繪畫中「散點透視法」的不定點的觀看之道，乃爲「游心」的表現方法；「虛實相生法」的無限時空觀，乃爲「游心無何有之鄉」的表現方法。

第三節　資料處理

本節是要交待本文直接和間接採用的資料以及運用的態度。

關於本文所用的資料大致可分爲三類：原典、相關史料以及現代學術論著，以下略作說明：

1. 原典部分：屬於直接材料。指的是《莊子》中明顯涉及藝術之「寓修道於技藝」的寓言，以及其他具有解釋效益的語句或思想兩種類型。

《莊子》中「寓修道於技藝」的藝術寓言，約有以下數則：

（一）〈養生主〉中的「庖丁解牛」；

（二）〈天道篇〉中的「輪扁斲輪」；

（三）〈天運篇〉中的「黃帝答北門成問咸池之樂」；

（四）〈達生篇〉中的「痀僂者承蜩」；

（五）〈達生篇〉中的「津人操舟若神」；

（六）〈達生篇〉中的「紀渻子爲王養鬥雞」；

（七）〈達生篇〉中的「呂梁丈夫之游縣水」；

（八）〈達生篇〉中的「梓慶削木爲鐻」；

（九）〈達生篇〉中的「東野稷以御見莊公」；

（十）〈達生篇〉中的「工倕旋而蓋規矩」；

（十一）〈田子方〉中的「宋元君將畫圖」；

（十二）〈田子方〉中的「列禦寇爲伯昏无人射」；

（十三）〈知北遊〉中的「大馬之捶鉤者」。

然而，這些材料必須放入莊子整體思想的實質內涵中去作考察，並與其他涉及藝術理念者互作詮釋，才能較全面地掌握莊子的藝術哲學。至於另一類與藝術相關而具有解釋效能的思想語句，由於不是顯而易見或固定在文本中等待我們去取用，故必要依賴解釋主體運用自己的視界去與文本中的視界融合而作判斷及抉選，例如，《莊子》中「言」、「意」、「道」三者的關係並非直接涉及藝術，卻與「技」、「道」二者具有密切的關係。

至於間接材料，則有二類：

2. 後世相關史料：包括《莊子》注釋本，畫論、詩論，山水繪畫之藝術作品等。主要有郭象注、成玄英疏、郭慶藩《莊子集釋》；俞劍華《中國畫論類編》、傅抱石《中國書畫理論》、今人所編《中國美學史資料選編》等書。值得注意的是，我們考察後世之藝術理念及具體的實踐成品與莊子藝術哲學可能的相應關係，所謂「可能的」，意指：藝術發展史上發生的事實，不必與莊子學說的發展有必然性的關聯，但從莊子藝術哲學自身的系統來看，是可能衍生出來相關的美學理念及藝術品的觀看原理。著名的德國藝術史學家沃爾夫林（Heinrich Wolfflin 1864～1945）便認爲：「的確不該以爲內在技法是自動運轉的，且無論如何都能製造一連串的理解方式；要讓這種現象發生，必須以某一方式去經驗生命，……實際上，我們只看到自己所追尋的，只追尋自己所能看到的。無疑地，某些觀看方式像是潛能般地早就存在了，它們是否及如何進入發展的階段，但視外部情況而定。」（引自《藝術史的原則》，頁 241，曾雅雲譯，台北：雄獅圖書公司，1989 年）這裡沃爾夫林意味，技法所蘊含的理解方式是由一定的生命觀產生出來的，並且形成某種觀物態度，影響我們自己的所見、所爲。而這種技法所有的觀看方式，並非由我們自己無中生有，早就潛能地存在於傳統中一種隱然的視界，而它則是在歷史中不斷地形成，一旦有適當的人物、事件、時機，便發生爲實在的視覺模式了。

3. 現代學術論著：包括直接論及莊子美學者以及提供參考或解釋者二種。前者主要有徐復觀《中國藝術精神》、李澤厚、劉綱紀《中國美學史》、敏澤《中國美學思想史》、顏崑陽《莊子藝術精神析論》等書，以及沈清松〈莊子論美〉之論文；後者主要有牟宗三《才性與玄理》、徐復觀《中國人性論史》、王煜《老莊思想論集》、卡西勒《語言與神話》、博蘭尼《意義》、朱狄《當代西方美學》、張汝綸《意義的探究》等。另外，在各章中尚有一些重要的參考著作及文章，分別介紹於下：

第三章主要有卡西勒《人文科學的邏輯》、伽達默爾《眞理與方法》、唐君毅《中國哲學原論・導論篇》等；

第四章主要有劉昌元《西方美學導論》、滕守堯《審美心理描述》、笠原仲二《古代中國人的美意識》、石守謙〈賦彩製形——傳統美學思想與藝術批評〉等；

第五章主要有葉維廉《比較詩學》、錢新祖〈佛道的語言觀〉、沈清松〈莊子語言哲學初考〉、林鎭國〈莊子的語言哲學及其表意方式〉、奚密〈解結構之道：德希達與莊子比較研究〉等；

第六章主要有宗白華《美從何處尋》、王伯敏〈中國山水畫的「六遠」〉、葉維廉〈無言獨化——道家美學論要〉、李霖燦〈中國畫的構圖研究〉、成中英〈時間與超時〉、蘇丁〈「空間信賴」與「空間恐懼」——中西藝術的空間意識比較〉等。

第三章　「道」、「藝」的關係

第一節　「道」、「藝」是否必然關涉

人類對世界與人生的看法隨著時代的改變而不斷有著根本的變化。只要人既存於世，不論自覺或不自覺，其對於世界人生便不能不採取一基本的觀點與態度。廣義地說，也就是每一個歷史中的存有者必要有某種「形上學的基設」，即使此存有者完全不作形上學思考；即使在現代哲學界，一股強烈的反形上學潮流，也只能說現代哲學的形上學基設有了根本的變化，在方法、精神上，與傳統形上學有了很大的區別。形上學並未眞的陷入絕境，不過是以另一種形式出現，學者所批判的形上學，可能只是某一種形態的形上學，而不能是所有形上學。然而究竟什麼是「形上學」呢？「形上學」（Metaphysics）所追究的是存有物之所以爲存有物之根據，也就是存有物普遍俱存之原理或基礎，這種根本原理是不變且超越於感官經驗的。形上存有可分爲二種形態：其一，內在於可經驗事物中，即遍在於一切存有物之存有；其二，超越一切可經驗事物之第一根源或元始。〔註1〕總之，形上學便是對一個「整體的」問題，提出一種「最後的」答案。由於東西文化所隱含的形上基設或終極關懷的差異，造成東西方哲學的根源最大的不同在於「西方哲學始於對客觀宇宙玄思冥想，東方的哲學却在其源頭即表現一種鮮明的實存性格」。〔註2〕循於

〔註 1〕以上參考布魯格（Brugger）編著，項退結編譯之《西洋哲學辭典》二一三條及三二條，台北：先知出版社，1976 年。

〔註 2〕見劉述先〈形而上學序論〉一文，刊於《中華文化復興月刊》第八卷第四期。文中並且指出，東方哲學絕非沒有通過理性的反省而建立的宇宙觀與人生

形上學的界義，可以說，西方哲學重於「超越的」形上思考，而東方哲學則重於「內在的」形上思考；但這並非意味前者無屬於「內在的」形上思維而後者無「超越的」形上思維。確切說來，應是西方哲學「內在的形上之物」必須遵循於「超越的形上之物」，而東方哲學則是「超越的形上之物」就在「內在的形上之物」之中，二者合一，所以，唐君毅〈論中西哲學問題之不同〉說：

> 我以爲：中國人對宇宙的看法，根本上是採取「分全合一天一不二」的看法的；西洋人對於宇宙的看法，根本上是採取「先裂分於全離人於天」的看法的。……這兩種宇宙看法之根本不同，直接決定兩方哲學心靈之不同，間接決定兩方各所著重之哲學問題之不同。(見《中西哲學思想之比較論文集》，頁 92，台北：學生書局，1988 年)

基於中國哲學並不把宇宙人生如西方那樣作爲知識對象，不把主客作二元對立，分裂而後再作彼此的聯繫，不是以思辨爲哲學方法，而是以直覺爲哲學方法，所以宇宙即人生，人生即宇宙，不可二分，也因而產生了中國重行，西方重知的不同人生態度。〔註 3〕

在中國，道家老子所把握的道體具有「道之主宰性」、「道之常存性」、「道之先在性」的特質，〔註 4〕故爲形上性格。但老子並非將道當作一個對象以進行思辨地了解，也不是一般邏輯式的概念推論可以達到的境界；因爲，以分析的概念推演所牢牢抓住的道體，最終是疏離於人，而落入不可感知體悟的範圍，變成一個純粹的X。老子的「道」，則絕非一個死寂之體，做爲宇宙萬物生成變化的原理及規律。它的作用具體而普遍地瀰漫於整個宇宙之間，無處不在地自我開放展現出來，「道」與「存有物」並非各自獨立而封閉地存在

觀，只是他們直覺地領悟到僅僅憑藉思辨並不足以建立終極的形上學，因爲終極關懷的解決端賴於人的實存的體驗與智慧的抉擇。

〔註 3〕唐君毅在〈論中西哲學問題之不同〉中，比較中西方對哲學的不同態度：
（一）中國重行、西方重知之不同。
（二）中國以直覺爲哲學方法、西方以思辨爲哲學方法之不同。
（三）西方重講習辯論、中國則否之不同。
參看《中西哲學思想之比較論文集》，頁 52～55，台北：學生書局，1988 年。

〔註 4〕此爲老子對於道之「本體論的體悟」，參見牟宗三《才性與玄理》第五章，頁 139～143，台北：學生書局，1985 年。《道德經》第廿五章經文：「有物混成，先天地生。寂兮寥兮，獨立不改。周行而不殆。可以爲天下母。」即爲老子本體論的總括見解。

著，再做二者的相互聯繫，而是一「既存有而又活動」〔註5〕的道體。然而，從另一方面看，老子畢竟是「先觀物勢之道，而地道，方反云內在之修道成德者」，〔註6〕以道爲萬物存在之超越根據，其道論仍較著重於「道」之種種形上特徵的分解與陳述，相形之下，對於人論，亦多半強調人之法道，以「道」爲存有者活動的客觀基礎，並沒有明確提出道內存於萬物的命題或道與實存是內在統一的思想。莊子道論的義理形態繼承老子〔註7〕而與老子有所不同，牟宗三說：

> 老子之道有客觀性，實體性，及實現性，至少亦有此姿態。而莊子則對此三性一起消化而泯之，純成爲主觀之境界。故老子之道爲「實有形態」，或至少具備「實有形態」之姿態，而莊子則純爲「境界形態」。(《才性與玄理》第六章「向、郭之注莊」，頁 177，台北：學生書局，1985 年）

推衍牟宗三之意，我們可以說，在老子的存有論秩序中，道乃是先於人，道不必然要藉著人才成爲道。而莊子哲學發展老子道無所不在的遍在性和內存于宇宙萬物的內在性，更進一步地將「道」內在於「人」。人之所以「是」這樣，而「不是」那樣；之所以爲「人」，而不是其他的「存有者」，之所以成其爲自己，就是必須在自我中將道開顯出來。人面對的不再是一個客觀、超越的道體；道體實即於人之中，於是轉老子道體之「實有形態」而爲「境界形態」。所以，邵漢明〈莊子人學二題〉一文說：

> 道向物和人內化伸展的過程與物和人向道回歸升拔的過程原本就是一個過程，向下之道與向上之道原本就是一個道。這種觀念在老子那裡雖已初露端倪，但惟有到了莊子，到了道的內在性的發現，才得以眞正明確和清晰。(刊於《哲學與文化》第十八卷第一期）

莊子於〈天地篇〉謂：「物得以生謂之德」，德是物生存之理，故德即是道，就是內在於萬物中的道，所以〈天地篇〉又謂：「通於天地者德也，行於萬物者道也」。關於德即是內在於萬物之道，徐復觀在《中國人性論史》第十二章

〔註5〕參牟宗三《心體與性體（一）》，台北：正中書局，1987 年。「存有」指一切現象活動的超越之理；「活動」指大化流行的現象界。道家之「道」爲二者合一。

〔註6〕見唐君毅《中國哲學原論．原道篇（一）》第十二章，頁 404，台北：學生書局，1986 年。他認爲，莊子所關懷的是爲人之道，重視人對於其自身生命與心知的調理，而能上與天爲徒，外與人爲徒，其思想方向與老子恰成一對反。

〔註7〕《莊子．大宗師》及外雜篇言道爲客觀性存有，皆是繼承老子之處。

曾歸結地說：

> 莊子所說的天，即是道；所說的德，即是在萬物中內在化的道。不僅道、天、德三者在實質上是一個東西，並且，莊子主要係站在人生立場來談這些問題，而將「道」、「天」，都化成了人生的精神境界；所以三者常常是屬於一個層次的互用名詞。換言之，莊子之所謂道、天，常常與德是一個層次。所以他說「夫恬淡寂寞，虛無無爲，此天地之事，而道德之質也，故聖人體焉」(〈刻意〉)。(頁 270)

由此可見，莊子是以人體現道，來做爲老子之道具體朗現於世的最好證明。基於此，莊學的旨趣「自始至終，乃一爲人之學，而歸于一人之成爲眞人、至人、神人、聖人之道之陳述者」(唐君毅《中國哲學原論・原道篇（一）》第十二章，頁 403，台北：學生書局，1986 年)。由此亦可以明瞭魏晉向、郭之注莊所謂的「迹冥論」，人體現道（冥）而爲道之迹。然而，人是如何去確知這種在主體境界上所呈現出來的「道」呢？

我們說莊子的道是立於主體境界而說的，它的意涵其實是指人對於世界所採取的態度不同了，人與世界的關係改變了。我們知道，沒有一種感知是不指向對象的，意識必然有一意向性，所以感知有一必然的對象性關聯。莊子所謂的「道」，是指主體眞實無待的逍遙境界。分析地說，此一逍遙境界必然包含著一感知主體與其關聯的對象。就主體而言，是一自得而無所依待的修養境界；就萬物自身而言，則是一物物各依自己呈現而和諧的藝術境界。然而，「凡藝術境界皆繫屬於主體之觀照。隨主體之超昇而超昇，隨主體之逍遙而逍遙。所謂『一逍遙一切逍遙』，並不能脫離此『主體中心』也。」〔註 8〕換言之，既爲一觀照對象的活動，便不能不有一觀照主體，既以主體之心去涵攝對象，便是「以我觀物」而呈現「有我之境」。但是，此主體並非以成心的自我去框架、扭曲對象，而是從萬物的自身，靜觀其各自之性，讓萬物自在地顯現其象，故又爲「以物觀物」而呈現「無我之境」。雖然，形上學首要基礎的建立，是必須以一絕對預設的視域爲背景去考慮，但莊子之形上學的特殊及弔詭處，便在於他是在絕對普遍中涵攝相對差異，或謂他所要體現的絕對普遍存有，就是解構一切概念上的絕對預設，所以他的「道」只是一個純粹的「虛理」。這種既主觀又客觀的觀物態度，其建構現實世界就是以一種

〔註 8〕同〔註 4〕，頁 182。藝術境界雖是就萬物而言，但並非意味萬物眞能達到逍遙的境界，此境界，乃是以至人之心爲根據而來之觀照。

藝術式的觀照方式，以「至人之心」創造性地構成世界，然其所創造的並非一個物質性的實在界，人之心靈不能眞的創造實在，圍繞於人的現象界並非人創造而出的。人只能將它作爲一個已發生的事實來加以接受，但是卻可以去做創造性的解釋。人並不是僅僅作爲外在世界的被動接受者，而這種解釋世界的任務，以不同的方式出現於人類的文化活動中，在莊子，便是以藝術的方式來解釋實在，這是一種「玩味哲思」。由於這樣的解釋方式，一個自然無爲的藝術境界方有可能在主體心中朗現出來，吳光明說：

> 道家老莊的哲思則是「玩味哲思」。在這活動中我們的思考一直不離開日常實際的生活，具體的人間世。我們的理論思惟不在抽象的天空，而是浸透實際的經驗，我們的熟思體悟本身就是個純醇的經驗，這經驗呈示出在這裡可看到的，遍滿天地的眞理。

又說：

> 玩味是永遠浸在具體事物中，不是抽象邏輯可整理證明得完的。……在具體的經驗世界裡不可能有像數學那樣子的封閉無隙性的證明。因爲在實際的世界裡不可能詳盡舉出應有盡有的理由來。每個情況都不一樣，每個事物都有其特殊的地方，是我們預想不到的。〔註9〕

即是基於人以「藝術」方式觀看事物，乃獲致「道」的必要過程，我們由此而說「道」必然關涉於「藝」。

人以藝術的方式觀物所體驗而得的道之境界，是心靈「當下」瞬間全體的流動，以物理性的眼光來看，它是存在於「這裡」和「現在」，它有產生而復消逝的變化。然而，對於精神意識而言，在此「當下」的瞬間，此體驗便同時發生了「意義」，此「意義」使得道之主體可以一再召喚其體驗，使之成爲永恆而超越物理性的一現即逝。不僅如此，精神主體更可以透過一些符號形式以保存其體驗而傳示於人。在這些精神的外現的形式中，可以看到人精神的本質內容的折射，因爲人的精神本質惟有塑造成可感受的材料方能「顯示」於人，即便是「以心傳心」，亦須有可感受的媒介才成爲可能。關於此，卡西勒在《形式哲學總論》中曾說：

〔註9〕吳光明〈提煉、玩味、與莊惠魚樂〉一文提出「提煉思辨」及「玩味哲思」兩種「想法」。後者是具體的尋想，而前者則是抽象的思考，「它的好處在於解說清晰、理路井然，它的不足的地方，就是它一直趨向抽象，有時候根本無法指出共通的特質，有時候所抽出來的共性、原則，往往無法適用到實際的世界。」本文刊於《哲學與文化》第十六卷第五期。

> 對意識來說，記號彷彿是客觀性的第一步和最初的表現，因爲通過記號，意識的內容之流第一次被停頓下來，在記號中，某種持久穩定的東西被確定並突顯出來。……這是因爲相對於具體意識內容的實際流動來說，記號具有一種確定的觀念的意義，這種意義本身是持久的。與簡單給予的感覺不同，它不是一個孤立的個體、一現即逝，而是作爲潛在內容的集合體、一個整體的代表而常存。(見《語言與神話》，頁 198、199，台北：桂冠圖書公司，1990 年)

由此可知，思想內容之所以能夠再現而揭示於世，必須依賴著記號。莊子對於記號的重要性功能，可以從其「語之所貴者意也」的思想看出。「得意忘言」說並不表示莊子採取一種悲觀的語言哲學觀，而是警惕世人語言的局限及其有效程度，換言之，莊子是有條件地肯認語言的必要性。然而，莊子是基於何種性質的語言而說其必要性？莊子認爲最能夠傳道的語言乃是具有藝術性質的語言。爲什麼呢？從前面的陳述，我們知道，人必須藉著一些記號形式將道顯示出來，所以「道」有「說」之意，但是應該視「說」爲顯示道之種種方式的總體名詞，至於如何「說」(顯示) 道？可以大致區分爲兩種形態：一種爲認知地分析的邏輯論述方式，即所謂的「推理符號」；另一種爲想像地感悟的表現方式，即所謂的「表象符號」。〔註 10〕前者是正面而明確地陳述道的特質，屬於「表詮」的表意方式，但是傳達並非總是討論、分析，況且討論、分析所表示者總有其一定之限制 (所表示者爲可說的)；更重要的是，道在最終點是無法論證的而只能被「指出」，由於它獨特的性質同時就隱涵著將如此的內在體驗外顯出來的表現方式，於是，我們必得去找尋可以儘量表現道之整全性的表現方式 (所表現者爲不可說的)。這種方式則是屬於體悟式的表意方式。莊子之所以肯定藝術語言，關鍵就在於此種語言形式的「藝術性質」是必須透過整體的感悟能力去創造和理解。既然，藝術是做爲精神內容必要的傳達形式，我們便可以說，「道」是必然關涉於「藝」的。

以上乃是就藝術做爲一個理解世界的特殊方式以及保存、傳達人之體驗

〔註 10〕蘇珊・朗格在《藝術問題》中，將符號分爲兩種，一種是推理符號，另一種是表象符號。前者如概念語言，根據的是推理性的思維，其所整理出來的思想模式必然有時間的順序。然而在情感的領域中，經驗卻並非按時間的順序依次出現的，因此就必須透過表象符號的表現方式，例如藝術，便是一種表現人類情感的符號。參看朱荻《當代西方美學》第十章第十一節，台北：谷風出版社，1988 年。

的符號形式而說「道」必要關涉於「藝」。然而，如果後設地評估莊子以藝術的方式所「看到」的世界，甚至以藝術的方式所「描繪」的世界，是否比「科學」所認知的世界更「眞實」呢？或者藝術自身所建立的眞實是就哪一層次而言呢？倘若「藝術的眞」沒有比「科學的眞」具備至少同等的眞，那麼，莊子的所見便值得疑慮了。

根據卡西勒在《人文科學的邏輯》中的意見，人類往往以雙重的樣式去經歷實在世界。一者爲「事物的感知」，所感知的對象是外於主體的「其他東西」。這是一種屬於自然科學的感知態度，它力圖建構一個將「我」與「你」的世界摒除的世界圖象，而對另一種感知加以壓抑及限制。所謂另一種感知，指的是「表達的感知」，其所感知的對象是「另外的我」，這是一種屬於人文科學的感知態度，它使「一些屬於靈魂心智的內容可以藉以得到披露」。〔註 11〕由於藝術作品中有藝術家自身心境之表達，涉及心靈存在的層次，所以藝術明顯地可以被歸入爲「表達的感知」，而不能以自然科學的邏輯思維來衡量藝術。其實，廣義的思維定義是指「對『問題情境』做出解決辦法所經歷的符號運演過程」，〔註 12〕以此言之，藝術亦具有「思維」性格，亦有屬於其自身的存在邏輯。藝術思維的特質是「形象思維」，不同於科學的「理論思維」。具有「形象思維」的藝術家是以「領悟」的態度去面對對象而使之成爲「審美客體」，它的認識作用，是通過直覺而不是概念，是通過具體的生命體驗而不是思考，此種運作程序不同於科學以「觀察」的態度使對象成爲「物理客體」的過程。「理論思維」以推演式的運作方式，把所得到的經驗一一加以比較、分析、歸納，把每一個印象安裝在一個統一封閉的概念體系中，每一個印象不復爲孤立的點，而在此體系下各有其定位，它們以某種確定的序列在一個涵蓋一切的聯繫整體中彼此連鎖起來，關於「理論思維」的這種特質，錢新祖指出：

〔註 11〕關於「事物之感知」及「表達之感知」之詳細內容，可參看卡西勒《人文科學的邏輯》第二章「事物之感知與表達之感知」，台北：聯經出版事業公司，1989 年。

〔註 12〕引自俞建章及葉舒憲合著之《符號：語言與藝術》第四章，頁 126，台北：久大文化股份有限公司，1990 年。作者認爲思維有廣義及狹義兩種，「狹義的思維是指運用語言概念所進行的抽象推理運演過程；廣義的思維是對『問題情境』做出解決辦法所經歷的符號運演過程。面對某些情況，我們可以不用思考，完全靠慣用的辦法不能解決，需要考慮和發明出新的解決辦法。這樣的情境就是『問題情境』，與之相應的認知性符號行爲便是廣義的思維。」

> 理智思維有分辨性，講究序列，以時間、因果或邏輯上的本末先後爲建構原則，所以是一種「念念遷流、無有斷絕」的序列性思考。(引自〈公案、紫藤與非理性〉，刊於《當代》第二十六期)

相對於理論思維的「序列性思考」，藝術思維則是「非序列性思考」，以異於尋常慣性思考所成就的世界秩序，打亂原來靜態、視爲當然的感官世界。萬物在主體的觀照中，其出場的次序是錯置的並列方式，不依一定的機械時序，沒有一定的概念將觀物印象局限在一個特定的認識規律裡。因此，藝術所建立的眞理是異於科學「符應的眞理觀」，而爲以想像來創造實在的「開顯的眞理觀」。〔註13〕「符應的眞理觀」認爲眞理的客觀性是導自於實體的存在，而實體的存在則是獨立於主體之心智，以及主體對於存在的思考。眞理所以能獲得，乃是因爲主體思想與其嘗試認知的實在一一對應、吻合，故「符應的眞理觀」有所謂的眞假可言，如維根斯坦在《論說》中所定義的世界觀，如果一個命題的結構符合眞實世界事態的結構則爲眞，否則爲假，要不然就是無意義的。若以此標準來看，似乎只有邏輯形式，即概念、認知才享有眞正的自律性，藝術所作的審美判斷就沒有眞理可言。然而，恰恰相反，伽達默爾就極爲認定藝術是有其眞理的，張汝綸在《意義的探究》第七章第三節說道：

> 許多哲學家也都認爲眞理只是與斷定和陳述有關，這些斷定和描述都包含著一種描述關係，即是對現實世界某一方面的描述，因此，它們是與世界的某一部分、某一方面相對應的，這才談得上眞理與否。……伽達默爾的釋義學理論不僅肯定解釋的眞理，而且也肯定藝術本身的眞理。(頁208，台北：谷風出版社，1988年)

伽達默爾批判了康德在《判斷力批判》中所作審美判斷並不是知識判斷，從而也就不可能擁有「眞理」的論定。在《眞理與方法》中，伽達默爾正是要揭櫫屬於藝術的眞理性，張汝綸又說：

> 康德美學把藝術同知識和眞理問題隔絕開來，藝術的任務不是提供對象的知識，所以它也沒有眞理。康德以後的美學家繼續貶低藝術與眞理的關係。……他（伽達默爾）提出了一系列指明他思維方向的問題：「在藝術中沒有知識嗎？是否藝術中不包含眞理的主張，這種眞理的主張既不同於科學的眞理主張，同樣肯定也不低於它？藝

〔註13〕此二名詞借用自沈清松〈莊子的語言哲學初考〉一文，刊於《國際中國哲學研討會論文集》，台北：台灣大學哲學系，1985年。

術經驗是一種獨特的知識模式，肯定不同於爲科學提供材料——科學用這些材料構造自然的知識——的感覺知識，肯定不同於一切道德的理性知識，實際上不同於一切概念知識，但仍是知識，即眞理的傳達，美學的任務難道不正是爲這個事實提供基礎嗎？」（同前揭書第五章第二節，頁 119）

藝術所建立的眞實是一種「內在事實」，是人之心靈在所居世界的林林總總體驗，藝術並不以反映外部世界的純粹事實爲其目的，在《藝術問題》中，蘇珊・朗格認爲，藝術作爲一種推論性符號具有：

不同的功用，即去溝通那些由於牽涉到不能被形式地轉換爲推論的方式，因而不能推論地表述的知識。這些經驗是生活的節奏、有機、情感和心靈的東西；它們不僅是因而復始，而且複雜非凡，一觸即發。總之，它們構成僅爲非推論符號形式才能呈現的動態型態，而這正是藝術創造的目標和核心。（轉引自伽里・哈伯格〈藝術與不可言說：朗格的邏輯哲學論美學觀〉一文，收於《西方學者眼中的西方現代美學》，頁 150，北京：北京大學出版社，1987 年）

透過上述的陳說可以得知，藝術判斷是以另一種方式來維護自律性、自主性。但是，要注意的是，我們不斷地強調區分二者的差異，並非有意加深二者之間的鴻溝。實際上，更有可能的是，正是整體的、混沌的形象思維才能萌育精確思維，前者乃爲一前邏輯形式，爲概念推理思維的根基。卡西勒的文化哲學一再提示我們，摒除語言、神話、宗教以及藝術等人文學領域的研究，而單純以自然科學認識爲基礎所建立的知識論就必然是不完全的，甚至是飄浮無根的，所以卡西勒要進一步擴大知識論，而將人文學視爲不同於自然科學之認識形態的另一種認識形態。甘陽對於卡西勒這種「擴大的知識論」曾精闢地介紹：

《語言與神話》一書即是想說明，這種神話的隱喻思維實際上乃是人類最原初最基本的思維方式，……語言的邏輯思維功能和抽象概念實際上只是在神話的隱喻思維和具體概念的基礎上才得以形成和發展的。這就意味著，人類全部知識和全部文化從根本上說並不是建立在邏輯概念和邏輯思維的基礎之上，而是建立在隱喻思維這種「先於邏輯的（prelogical）概念和表達方式」之上。（見〈從「理性的批判」到「文化的批判」〉，收於《語言與神話》，頁 21，台北：桂冠圖書公司，1990 年）

藝術思維的某些特徵原就是神話思維的衍生物，「隱喻」亦是藝術語言的特質，典範地代表了所有藝術類型的思維特徵，從而有力地說明了「藝術」在人類認識作用上的重要地位。

第二節　「道」、「藝」如何關涉

「類比」，是莊子極爲基本而精彩的思維方式，他並且用此方式聯繫「道」與「藝」。所謂類比式的聯想，是自發地依事物外觀、性狀或者結構方面的相似處而將感知對象同已有的經驗同化在一起，其「一般模式是以已知事物或現象的特徵事實出發解釋大的、遠的、神秘的非經驗事實」（同〔註 12〕，頁 134）。由於「道」是一個形上對象，而舉凡形上之物，絕非感官經驗的材料意義下的對象。爲了要認識這種對象，便需透過可感覺的經驗活動來呈示，莊子便是藉助「藝術活動」與「修道」的相似特性及規律而將二者作類比之關涉。透過類比解釋，以「藝術活動」之有限經驗，意指於修道之無限體驗。事實上，莊子將「道」類比爲「藝」本身就是一種「美學方法」，以藝術思維來解消主客之間的對立關係。主客二元對立的最終和解，一直是東西哲學思維之目的，而中國哲學便是根本地採取類比思維來調和主體與客觀自然界的關係，吳光明在《歷史與思考》中比較中西思維方式說：

> 我們如果把中西思維方式比而觀之，就會發現：西方有計算式的邏輯，從混雜的諸多具體事物進入抽象、濃縮普遍性，由此「測量」、「綜合」而得計算式的秩序。但是，中國思維方式卻不離具體事，而以「比興」方式進行思考。（頁 74，台北：聯經出版事業公司，1991 年）

吳光明並且解釋「比興的思維方式」說：

> 「比較」是我們瞭解事物不可或缺的重要方法。「比較」兩個因素——相異的對照與相似的比擬。我們碰到一個新的情況，就會產生對照。我們的注意就「興」發起來，然後我們看到新情況中有類「比」我們以前經驗的地方。（同前揭書，頁 84）

「類比」的方式乃是與客觀的事物合作而不是以征服的姿態對立之，是古人的一種典型的思維模式，以現代嚴謹的科學邏輯的反思來看待這種思維方式，則往往斷定其爲謬誤，認爲類比思維忽略層次之間的差異，只有偶然性而不具備「邏輯上的必然性」。然而，李維・史特勞斯（C. Levi-Strauss）的人類學則一再強調，類比思維遠非現代人所認為的缺乏邏輯。事實上，它是以一種和現代不同的「具體的邏輯」，在自然的秩序和社會秩序之間，建立起相類似的事物，從而可以圓滿地詮釋他們所身處的世界。〔註14〕霍克思（Terence Hawkes）曾就李氏的觀點進一步闡釋道：「我們和『原始人』一樣，也有那種思維（類比思維）」。〔註15〕至此，我們可以說，做為人類彰顯意義的方式之一，「類比」並非無效的，反而是必須者，莊子將「道」與「藝」作類比，自有其解釋效力，由於「道」為難以描述的形上之物，以常見而與之有某種程度類似的「技藝」作比照之說明，對於「道」必能獲致比較相應的瞭解。

以「藝」來隱喻「道」，其相似性乃是建立在藝術做為「能指」的意義下，即藝術創作過程與修道歷程、藝術詮釋與體道原理等相似結構。就此看來，「道」與「藝」似乎只建立了外在的關係。然而，如果我們進一步追究何以藝術的創造、詮釋與修道、體道有其相似？則發現，「道」、「藝」不僅止於「類比地關涉」，尚且為「本質地關涉」，此層關涉則是成立於藝術做為「所指」的「藝術精神」或「藝術境界」，乃是「道」之意域的具體開顯、表現。由於這層內在本質的關係，致使「道」、「藝」並非只是一般性的單純類比，而為具有本質相關的「歸屬類比」的關係。所謂「歸屬類比」，乃是指二個事物的關係有「原因與效果、主要與次要、長上與屬下或整體與部分的關係」；或者稱為「屬性類比」，「意指物之屬性與該物本身的關係，因為一物的屬性為該物所有，是屬於該物所有之物，以說明該物的性質，該物為根基，它所擁有的性質或屬性，乃由此根基所流出或引出，與根基有相當密切的關係」。〔註16〕「道」作為根

〔註14〕可參看李氏《野性的思維》第一章「具體性的科學」以及第二章「圖騰分類的邏輯」。李幼蒸所譯，台北：聯經出版事業公司，1989年。在中譯版序中，李幼蒸說：「《野性的思維》一書主要研究未開化人的具體性思維與開化人的抽象性思維不是分屬「原始」與「現代」或「初級」與「高級」這兩種等級不同的思維方式，而是人類歷史上始終存在的兩種互相平行發展、各司不同文化職能、互相補充互滲透的思維方式。」見該書頁5。雖然，李維・史特勞斯以法國實證主義結構學派為其理論根據所建構的文化人類學，學界仍有爭論，但是，李氏提出的原始人的「類比思維」卻被公認為重要的見解。

〔註15〕引自霍克思著、陳永寬譯《結構主義與符號學》，頁48，台北：南方叢書出版社，1988年。霍氏認為李維・史特勞斯的人類學極深刻地探討了人類最基本的思維特性，而這種思維形態並不限定在那個特定的社會。參看該書「語言學和人類學」一章。

〔註16〕嚴格地再加以區分，歸屬類比又可分為「內在的」與「外在的」。「內在歸屬類比」要求所類比的內容，其所指之意義必須「真正地」、「確實地」存在於兩個類比事物中，亦即類比事物彼此間的關係，不僅僅是由人的思想概念加

源之物，是「藝」的源頭、根據、原因或基礎，即「藝」乃根據「道」而產生、存在，所以基本上屬於「道」所有、歸屬於「道」，而具有「道」之屬性。藝術依於此本質上的相干，故類似於道，並且是「蓋然性強的類似點」，故具有較大價值的類比效能；因爲，類比的事物在「質」上的關聯性愈強，則其愈接近眞理，價值愈大。關於此，黎建球說：

> 由類比推出的結論，雖是蓋然性的，但蓋然的程度能有極大的差別，蓋然性強的，接近眞理，價值較大，蓋然性弱的，距離實際就遠，價值就小了。因此，在運用類比法時，要設法尋找蓋然性強的類似點，以達到價值較大的結論。爲達到此目的，有些規則是需要注意的。
>
> （一）類似點當是本質的屬性，不可爲偶然的屬性。
>
> （二）類似的各屬性與待論的事物的關係，當是彼此相容納（compatible），相適合（congruent）的，不可矛盾衝突。
>
> （三）互相比較的二事物之類似點不可過少。
>
> （見鄔昆如等著《理則學》第九章，頁 122、123，台北：黎明文化事業公司，1988 年）

就此三點規則來衡量「道」與「藝」之間的類似則皆成立，因爲「藝術精神」乃是「道」的本質屬性，而且藝術精神可以再具體地指出爲「眞、虛、和、美」，此四屬性亦爲道之基性，〔註 17〕彼此相互適合、容納，並且類似點在數量上亦無過少，足以證明，「道」、「藝」的「本質關涉」，使「道」、「藝」之類比顯示蓋然性的強度，其重要性自不待言。以下我們將依「體用不二」的

以造成的，而是事實地如此。至於「外在歸屬類比」則是藉人的概念去牽連能歸屬者及所歸屬者。前者之例如：無限存有者是獨立和絕對的，而有限存有者則是依賴和相對的、分享無限存有者之屬性，二者的類比內容確實相關。後者之例如：「張三是健康的」與「人的皮膚是健康的」，皮膚實際上並不能擁有健康，乃是因爲皮膚的顏色顯示人體的健康，所以說它是「健康的」，可知是經由人的思想加以轉化。以上均參考曾仰如〈存有者的類比概念之探微〉（上）、（下），刊於《哲學與文化》第十三卷第七期。

〔註 17〕顏崑陽《莊子藝術精神析論》認爲：「藝術與道的共同基性，分而言之是眞、虛、和、美，但總歸來看，則可以用『自由無限』來概括。眞，在於消除僞妄；虛，在於消除固實；和，在於消除對立；美，在於消除俗惡。……因此，所謂眞、虛、和、美，就是將個體心靈中，以及個體之間的種種限制消解；限制消解，則得到充分的自由。藝術之所以能彰顯宇宙人生蘊藏的無限可能，而達到『創造』的成效，便全在這『自由無限』的精神。」（頁 154）詳細的剖析，請參看該書第三章第一節「乙、道與藝術之共同基性」。

觀點進一步來說明「道」與「藝」這種內在的本質關聯。

我們在前面說過，莊子所說的道體是內在於萬物之中的，此內在於萬物中的道，又稱爲「德」。實際上，這個「德」，也就是「性」，「莊子內七篇雖然沒有性字，但內七篇中的德字，實際上便是性字」（徐復觀《中國人性論史》第十二章，頁 372，台北：臺灣商務印書館，1987 年）。性即是德即是道。那麼，性亦是做爲萬物生存活動所依據的形上實體，並且，此「性體」非只具存有的靜態義，尙有現象上活動的動態義。就人之存有者而言，「心」之靈覺的精神作用便是「性體」具體的流行發用。「性體」所開展精神之多重面向，在心的種種作用上可以獲致印證，此即「即心以言性」，「若沒有心知，則賦與於人的寂寞無爲的本性，將從何處通竅，而使人能有此自覺？」（同前揭書，頁 282）「藝術」，就其精神層次而言，便是道心，乃是性體所開顯精神面向之一，爲性體發用的一種活動狀態。性體有「藝術」之「體」，故能有「藝術」之「用」。郭象注〈則陽〉說「體其體，用其性」，〔註 18〕便認爲有什麼樣的「體」、「性」，就有什麼樣的「用」。另一方面，由「藝術精神」之「用」則能推溯性體之超越感知的本質，有所體悟其內涵。足見，「道體」與「藝術精神」乃是「體用不相離」，從「藝術精神」之「道相」可進而把握不可言說的「道體」，所以，唐君毅說：

> 其自道體而觀之，爲不可說，不可名者；自道相而觀，則儘是大有可說，可道，可名者在。因自道相而觀，則說其不可說，道其不可道，名其不可名，亦皆是有所說、有所道、有所名，而皆在「說」、「道」與「名」範圍中；說其無一切相，即說其具無相之相。〔註 19〕

〔註 18〕〈則陽〉：「人之好之亦無已，性也。」郭象注：「見所嘗見，聞所嘗聞，而猶暢然，況體其體用其性也！」

〔註 19〕見唐君毅《中國哲學原論・導論篇》第十一章，頁 375，台北：學生書局，1986 年。值得注意的是，「藝術精神」只是道體所開展的面相之一，所以可以說藝術精神即是道，但道不可全體規定爲藝術精神，因此，徐復觀說：「在概念上只可以他們（老、莊）之所謂道來範圍藝術精神，不可以藝術精神去範圍他們之所謂道。」（《中國藝術精神》第二章第二節，頁 50，台北：學生書局，1988 年）顏崑陽亦謂：「以『藝術』之一性格概念去規範『道體』而顯其一相，就如同以大、久、常、一、自然等性格概念去規範『道體』而顯其一相。既是對他而顯，則非絕對唯一，故於言詮所顯立之道相，必然名目萬殊，而皆非『絕對同一』，也就是不能以大、久、常、一等等名詞作爲『道體』的全稱之詞。否則，便是滯於一相。」（《莊子藝術精神析論》第三章第一節，頁 91，又說：

> 人之知有爲萬物之本始或本母之道體，惟賴逆溯萬物之所自，並由此所自本始本母之道體之相，其異於萬物之相者，以默識此道體；則人固可以道相攝道體，進而以指道相之辭指道，而意涵道相即道體之義；而觀道相或循道相，以觀世間，即亦可同於觀道矣。〔註20〕

我們就是在「道相」的層面上去「說」：「道體具有藝術性格」，意味「藝術的」人格或生命境界，以此生命整體地證成道體自身，顏崑陽亦謂：

> 道乃遍照無方，化成萬相，一方相之中莫不有道。因此，道雖不滯一相，但是一相乃道之所顯，只要能不滯不執，則即一相以見道，也是當然之理。……「莊子之藝術精神即是道」，實乃「以道相攝道體，進而以指道相之辭指道」的命題方式。「藝術」是道一相之所顯，故即相以明體，應是當然之理，這就是爲什麼莊子養生主「庖丁解牛」能由技中以見道。(《莊子藝術精神析論》第三章，頁 91，台北：學生書局，1985 年)

道體必須透過道心去「覺」、去「明」，問題是道體爲寂寞虛無，如何可能「明體」呢？線索便在於「即相」。因爲，「道無所不在」(〈知北遊〉)，宇宙森羅萬象中莫不有道，人人皆至少能擇一相以爲見道之法門，庖丁則是在「技藝」之一相中見道。不過，藝術活動只是見道之媒介，若欲一窺道之堂奧，關鍵是主體必須具備「藝術精神」，這是一種體道的「態度」：無心無爲地融入於存在的具體情境中，整體地直觀世界，而此態度便是「即相」之「即」的眞義所在，史作檉曾經說明：

> 一切整體性之存在物，卻必是以人存在之整體以爲法，方能有所獲致之物。呈現人之整體之可能者，即藝術、道德或宗教，亦即眞正之美學之方法。……對于一般現象來說，形式就是方法。若對於眞正存在性之本體來說，只有眞正整體性人之存在的完成，才是唯一的方法。但眞正呈現人之整體存在可能者，即美學的世界，而美學之實際呈現，即藝術與道德。〔註21〕

台北：學生書局，1985 年)

〔註20〕同〔註19〕。

〔註21〕見史作檉《形上美學導言》「六、美學與中國哲學」，頁 72、73 及 74，台北：仰哲出版社，1988 年。他指出，由於中國哲學中的本體是一個眞正具有存在性的本體，而西方哲學本體則是形式概念中的本體，因而，中國哲學在方法

又說：

> 以美學以爲法，即以眞實之人的整體存在以爲法，其所得即人唯一可得之眞正具有存在性之本體。無他，即因其超越形式而包含形式，並以眞實之藝術與道德之過程，由宇宙中唯一趨近于存在性整體之完成，並趨近於絕對可能的關係。〔註22〕

這兩段話指出：1. 整體存在之本體，必須有相應的方法來把握；2. 美學，可以作爲一方法，其特質是「以眞實之人的整體存在以爲法」，故可相應於存在本體；3. 美學超越科學之形式法則並包含之。由此可見藝術與人之存在的密切關聯，是建立在精神性格上而言。卡西勒《語言與神話》表示，對於人類的精神生活來說，藝術在探求眞理的效用上，並不低於邏輯和科學認識；因爲，邏輯和科學認識的本質無非在於它是人類把特殊事物提高到普遍法則的一種手段。但問題就在於，神話、宗教、藝術等同樣也都具有把特殊事物提高到普遍有效層次的功能，關鍵只在於它們取得這種普遍有效性的方法與邏輯概念和邏輯規律絕然不同而已。

總結本章的論述，我們的看法是，道、藝的必然關涉乃是成立於：藝術的觀物態度以及藝術是一表示道的特殊符號形式。並且，二者就分別的兩個事物來說，以其相似性成立了「類比關係」，而其有效性之強度則是成立於二者的「本質關係」，這層關聯也是道、藝之間最重要的聯繫。以下第四、五、六章，我們將在藝術活動的個個要素中，一一闡發道、藝的這個本質關聯。

上就是一種美學的方法，西方則偏向形式的方法。美學方法之所以異於形式之方法，即在於它是一個整體性的追索方式，是純自我生命的面對。

〔註22〕同〔註21〕。

第四章　藝術創作過程與修道歷程之關涉

本章乃是根據《莊子》中「寓修道於技藝」一類的藝術寓言，整理出藝術家創造藝術品之前、時、後三個階段過程中的形神狀態。並且與莊子道論所揭示修道者修道漸進的精神歷程相比較。藉以印證藝術家與修道者在「道技合一」的藝術理想下，乃是同體的存有者，以及析論由工匠技術的形下層次，如何可能進階至「藝術精神即是道」的最高境界。

第一節　藝術創作前主體的精神存養

藝術家與一般人最大的不同點，在於他能夠從一個不尋常或陌生的觀點去觀看事物，換言之，藝術家具有一種特有的「審美態度」。莊子認爲藝術家在創作前，如果不能涵養自己與眾不同的「看的方法」，便不可能成就出令人歎爲觀止的藝術成品。那麼，莊子所認爲的審美態度，其內容爲何呢？

〈達生〉「梓慶削木爲鐻」的寓言，指出藝術家「將爲鐻」主體修養的精神三境界；總說：「未嘗敢耗氣，必齋以靜心」，主體超越感官知覺的直接性而「不外從」，並逐漸向內修養「不內變」的精神三境界：

1. 「齋三日，而不敢懷慶賞爵祿」，主體超越合功利目的之思慮；
2. 「齋五日，不敢懷非譽巧拙」，主體超越合是非、成敗等價值之判斷；
3. 「齋七日，輒然忘吾有四枝形體也」，主體超越自我達到「忘我」（「喪我」）的「全德」境界。

「未嘗敢耗氣」是對於「形軀我」之生理慾望的摒棄。人之感官的視、聽、言、動，若無心神加以克制，則有「奪取」物質對象的直接性。在此狀態中，生理作用乃是受物所引誘、甚至制約。孟子所謂「物與物相交，引之而已矣」，莊子所謂「與物相刃相靡，其行盡如馳，而莫之能止」。生理衝動地作用於所對的物質，這種現象便是「氣的發用」。〈達生〉「紀渻子養鬥雞」之寓言，鬥雞「方虛憍而恃氣」、「猶應嚮景」、「猶疾視而盛氣」，都是「耗氣」，致使心神動亂不安定。「氣」本身並無反省、抉擇的功能，它塊然的形下性質必然阻礙主體的精神修養，不能開出精神境界，因此，修養之第一要義便是克服來自形軀之內，氣之非理性的運作，徐復觀說：

> 他（莊子）雖然認為形由德而生，但他實際認為形生以後，與生它的德，依然有一隔限（德是未形，形是已形，未形與已形之間有了距離、間隔，形也可能脫離德而成為獨立性的存在，這是創造過程中的一種危機）；於是他所主張的回到生所自來之道，依然是要通過自覺，通過自覺而來的工夫，才可突破形的限制以達到其目的。(《中國人性論史》第十二章「老子思想的發展與落實——莊子的心」，頁373，台北：臺灣商務印書館，1987年）

由於形與德是有所「隔限」的，形骸有可能獨立於德，放縱官能而意氣用事。主體作修養工夫必須要突破這種形軀上的限制，因此莊子主張要「不位乎其形」(〈秋水〉)，也就是「不為形所拘限，不使形取得了生活上的主導權」（徐復觀前揭書，頁 379)。然而，如何可以突破形的限制？條件是必須通過自覺而來的工夫，而此自覺工夫則必要落在「心」上，心定則神凝，神凝則氣聚，氣聚則眼耳感官不外從於物。關於形與神二者的主從關係，《淮南子》依據莊子思想而有所發揮，〈原道訓〉云：

> 以神為主者，形從而利；以形為制者，神從而害。

〈精神訓〉云：

> 心者形之主也，神者心之寶也。

〈詮言訓〉云：

> 神貴於形也，故神制則形從，形勝則神窮。聰明雖用，必反諸神，謂之太沖。

心、神既然為形之主，為什麼有時又會受制於形呢？既為形所制，又如何能說是「主」呢？事實上，感官自身並不作任何的價值判斷，只是純粹地接受刺激並加以直接反應。視覺接受光波，其自身並不「知」對象爲「紅」色。對於眼睛這個感受器而言，對象本身無所謂「紅」色，只是有「不同的」顏色。能在對象上加以判別其屬性、特徵，皆是心識之作用。聽覺、嗅覺、味覺乃至觸覺，亦復如是。可知，官能所以受物質之誘惑，主要是因爲感官面臨對象時，心知在同時生起判斷，與感官同時作用於對象，「愛」之故「取」之。總之，感官所以「外從」，乃是基於心神「內變」之故。梓慶削木之前「必齋以靜心」，使心神凝定，即緣於此理。至於要在心上下何種工夫，便要進入以下三階段的討論了。

第一階段「不敢懷慶賞爵祿」，所要超越的是主體意識中種種功利目的。創作者心懷功利，所關心的便不是對象自身的特性，而是對象能衍生什麼樣的功利以資享用，這種實用的功利性態度，對於技藝活動的負面性影響，莊子在〈達生〉「津人操舟若神」的寓言中，曾明白地喻示：

> 以瓦注者巧，以鉤注者憚，以黃金注者殙。其巧一也，而有所矜，則重外也，凡外重者內拙。

比賽射箭時，倘若以便宜的瓦器爲賭注，便很靈巧輕妙；以較貴重的帶鉤爲賭注，便心生恐懼；以更貴重的黃金作賭注，便心神昏亂。技巧並無改變，只因過於計較外在的利害得失，有所顧忌，以致影響心神的凝定，於是，再高明的技巧，也無法充分發揮。所謂「外重者內拙」，意指人愈是深受外物的牽絆，內在精神的自由靈活度愈是減弱。不過，功利固然會迷亂創作者的心志，而對於名譽道德、是非、成敗的執著卻更難以超越，於是進入第二階段「不敢懷非譽巧拙」的修養層次。〈田子方〉「宋元君將畫圖」之寓言，對照了兩種畫師作畫前所持的不同態度，指出創作主體「無關心」於外的審美態度乃爲創作技巧能否高度發揮的關鍵所在。莊子說：

> 宋元君將畫圖，眾史皆至，受揖而立；舐筆和墨，在外者半。有一史後至者，儃儃然不趨，受揖不立，因之舍。公使人視之，則解衣般礴，裸。君曰：可矣，是眞畫者也。

在這則寓言中，必須作一個很重要的提問：宋元君如何判斷後至的畫師爲眞正的畫者？葉朗曾對這則寓言加以解釋說：

> 因爲多數畫師心中充滿了「慶賞爵祿」、「非譽巧拙」等各種考慮，缺乏一個審美的心胸（空明的心境）。他們的創造力也受到利害觀念的束縛而得不到自由的發揮。獨有後來的這位畫師卻超脫了「慶賞

> 爵祿」、「非譽巧拙」等利害觀念，他的心境是空明的。他的創造力也不受束縛，能夠得到充分的發揮。(見葉朗《中國美學史大綱》第五章「莊子的美學」，頁 118，台北：滄浪出版社，1986 年)

葉朗對於此一提問所下的判斷，是基於後至畫者持有「超功利」的態度。除此之外，我們認爲這則寓言還有一個重要的啓示：多數畫師奉國君之命作畫，精神皆極爲緊張、戒懼，並且謹守禮儀規範，不敢有所逾越。而另一位畫師姍姍來遲，卻從容不迫，絲毫不關心於場合中應有的行爲規範。「禮」乃是「德」之形式，內在的道德操守必然形於儀表、舉止，乃至於待人處事皆能遵守應有的規範。那麼，後至畫師卻不在乎場合中的禮節，是否意味他也不在乎道德呢？確切地說，後至畫師並非不在乎道德，而是超越於道德之上。然而，他爲什麼要作「道德」上的超越呢？在莊子哲學最重要者便是要破除相對立的價值系統，「德」爲「善」，乃是正面的價值規範，其所可能產生的副作用是〈人間世〉所說的「德蕩乎名」，德性一旦流蕩失眞，便成爲負面價值，以此類推，是之於非，美之於醜等等價值判斷，皆爲相對立的觀念系統，而非超越相對而爲絕對的「全德」。〈至樂〉說：

> 夫天下之所尊者，富貴壽善也。所樂者，身安、厚味、美服、好色、音聲也。所下者，貧賤夭惡也。所苦者，身不得安逸，口不得厚味，形不得美服，目不得好色，耳不得音聲。若不得者，則大憂以懼，其爲形也亦愚哉！……今俗之所爲與其所樂，吾又未知樂之果樂邪，果不樂邪？吾觀夫俗之所樂，舉群趣者，誙誙然如將不得已，而皆曰樂者，吾未之樂也，亦未之不樂也。果有樂无有哉？吾以无爲誠樂矣，又俗之所大苦也。故曰：至樂无樂，至譽无譽。天下是非果未可定是非。雖然，唯无爲可以定是非。至樂活身，唯无爲幾存。

〈德充符〉亦謂：

> 死生存亡，窮達貧富，賢與不肖毀譽，飢渴寒暑，是事之變，命之行也；日夜相代乎前，而知不能規乎其始者也。故不足以滑和，不可入於靈府。使之和豫，通而不失於兑；使日夜无郤，而與物爲春，是接而生時於心者也。是之謂才全。

在這兩段話語中，莊子一併遣除從形軀的慾望到相對成立的價值判斷，此中甚至括及倫理上善惡判斷的「德性之知」，以及知識上是非判斷的「見聞之知」，〔註1〕總之，是要「離形去知」，〔註2〕採取「非功利」、「非道德」、「非認知」的態度，不使它們「入於靈府」。「非」的態度，就是「無爲」的態度，不是本質地否定，而是「作用地保存」，〔註3〕才有可能與有形物質、無形事物保持和諧，不爲之所傷害身心，即「與物爲春」、「勝物而不傷」(〈應帝王〉)、「不以物挫志」(〈天地〉)、「不以物害己」(〈秋水〉)。綜合以上所述，超越非功利、非道德、非認知的態度，才能有後至畫師之從容自然、安適自得的心境。這種心境，同於「津人操舟若神」之「沒人之未嘗見舟而便操之也，彼視淵若陵，視舟之覆猶其車卻也。覆卻萬方陳乎前，而不得入其舍，惡往而不暇。」的心無所懼；「列禦寇爲伯昏无人射」中伯昏无人所言「至人者，神氣不變」的神態；「呂梁丈夫之游水」的泰然自若。有此心境，創作技巧方得以充分自由地施展。康德在《判斷力批判》中指出：功利態度是「對象之存在合乎我們某種實用目的」；認知判斷是「對象內在的形式結構合乎我們在概念上所了解之該物的本質」；以及決定吾人之行爲方向的道德判斷。有此三種態度便不是無所指向的「品味判斷」(Judgement of taste) 或審美判斷，審美判斷所要排除的就是此三種有所指向的意欲活動及判斷。〔註4〕然而，不涉及欲望、知識、道德，對於享有「想像力與理解力產生遊戲般的自由活動」〔註5〕的審美愉快感，仍只是消極條件，積極條件乃必須進入「梓慶削木」中「無己」的第三階段。

「忘吾有四枝形體也」就是莊子所謂「虛心」、「心若死灰」的精神狀態，因爲外形表現出「形若槁木」的模樣，故似乎喪失自「身」的存在物性。然而，爲什麼藝術家在創作時會發生這樣的情況呢？前面說過，超越功利、認知、道德的思慮只是形成審美經驗的消極要素，因爲，有非功利、非認知、非道德的態度，並不必然保證一定積極地持有「審美態度」，換言之，非功利、非認知、非道德只構成審美經驗的可能條件而非必要條件。那麼，什麼才是

〔註1〕《張載集・大心篇》云：「見聞之知乃物交而知，非德性所知。德性所知，不萌于見聞」。台北：漢京文化事業有限公司，1983年。張載所謂「見聞之知」指的是經驗知識，爲認知活動之探究；「德性之知」則是指道德心靈之呈現。

〔註2〕「離形去知」是「坐忘」境界中的狀態。「離形」最基本是要遣除物質欲望，究竟則是「忘身」；「去知」之「知」應包括「德性之知」與「見聞之知」，究竟則是達到「外於心知」、「心無所知」的境地。

〔註3〕參牟宗三《中國哲學十九講》第五、六章，台北：學生書局，1986年。

〔註4〕對於這三種態度與審美態度的特徵與區別，參考劉昌元《西方美學導論》第二章「論康德對美的分析」，台北：聯經出版事業公司，1987年。

〔註5〕同〔註4〕。

美感產生的必要條件呢？就是專一精神純粹地觀照審美對象之整體，以對象的整體爲關注焦點，而不以主體之我的情志爲焦點；不以主體之我的情志爲焦點，而自然發生審美之情。劉昌元認爲：

> 審美經驗產生的必要條件不是審美的動機或態度，而在注意力是否集中與是否集中在正確的地方。〔註6〕

他指出審美經驗產生的必要條件是：注意力的集中並且集中在正確地方，但是並未說明「正確的地方」所指爲何？在《莊子》的幾個藝術寓言中，作了這樣的提示：丈人承蜩時「用志不分，乃凝於神」的專一，就是劉昌元所說注意力的集中。其次，丈人承蜩時「雖天地之大，萬物之多，而『唯』蜩翼之知」；大馬捶鉤，「於物无視也，非鉤无察也」。呂梁丈夫游水「從水之道而不爲私」；梓慶將爲鐻「入山林，觀天性」、「以天合天」。這些寓言都揭示了在審美活動時，就是注意力集中在對象的自身上。所謂對象自身，即物之「道」或物之「性」，此「道」或「性」乃是對象尚未爲人之理念所分析離判之前、本眞的存在自體。關於莊子的這些提示，我們在下一節中，都有較仔細的討論。總之，藝術創作前能修得一心空明、虛而待物，以致忘了創作者自身的存在，就能使創作活動登峰造極，完成偉大完美的藝術品。

審察梓慶削木爲鐻創作過程的三境界，與「女偊見道」以及顏回「心齋」、「坐忘」的修道歷程如出一徹。心靈的修養，是修道者「見道」的關鍵，其歷程如何？〈大宗師〉有一段描述：

> 吾猶守而告之，參日而後能外天下；→
>
> 已外天下矣，吾又守之，七日而後能外物；→
>
> 已外物矣，吾又守之，九日而後能外生；已外生矣，而後能朝徹，
>
> 朝徹而後能見獨；
>
> 見獨，而後能无古今；无古今，而後能入於不死不生。

這裡指出「見道」活動的幾個要素：1.「守」而不失的工夫，即內收心神而不使外放；2. 心靈修養的歷程是由外天下→外物→外生的層層漸進；3. 心靈終至豁然開朗（朝徹）、無所依待、當體自足（獨）。在 2. 中，女偊超越天下

〔註 6〕見劉昌元前揭書，第五章「論審美態度」，頁 93。劉昌元對於審美態度所持的立場是，主體可以對任何對象採取審美態度，卻不一定因此即可獲取審美經驗，或使該對象具有審美價值，他以爲莊子只涉及了審美態度。我們同意他的看法，卻認爲莊子美學不止於此，還言及精神專一、投入對象、觀照對象的本眞之處等。

萬象到超越於切近之物質需求到超越自身的生死，由外而內的層層遣離，亦就是梓慶削木為鐻之不敢懷「慶賞爵祿」、「非譽巧拙」，「忘吾有四枝形體」的層層遣離。另外，〈人間世〉、〈大宗師〉中顏回「心齋」、「坐忘」的存養工夫，則更詳盡地說明修道主體「能忘」之心及「所忘」對象之間的關係。〈人間世〉說：

> 回曰：敢問心齋。
>
> 仲尼曰：若一志，无聽之以耳而聽之以心，无聽之以心而聽之以氣！聽止於耳，心止於符。氣也者，虛而待物者也。唯道集虛。虛者，心齋也。

〈大宗師〉則說：

> 顏回曰：回益矣。
>
> 仲尼曰：何謂也？
>
> 曰：回忘禮樂矣。
>
> 曰：可矣，猶未也。
>
> 他日，復見，曰：回益矣。
>
> 曰：何謂也？
>
> 曰：回忘仁義矣。〔註 7〕
>
> 曰：可矣，猶未也。
>
> 他日，復見，曰：回益矣。
>
> 曰：何謂也？
>
> 曰：回坐忘矣。
>
> 仲尼蹵然曰：何謂坐忘？
>
> 顏回曰：墮肢體，黜聰明，離形去知，同於大通，此謂坐忘。

這兩段話合起來解釋，可以有幾個要點：

1. 「坐忘」是修道者所要達到的境界，為一「同於大通」的「道」的境界。
2. 要達到此境界，主體必須具備能忘的條件：心齋。

   心齋是要下兩種工夫：

〔註 7〕各本皆作先忘仁義，後忘禮義，此據王叔岷《莊子校釋》理校為先忘禮樂，後忘仁義。禮樂為仁義之表，仁義為禮樂之質，故修道者先忘禮樂，漸進以忘仁義。

2-1 無聽之以耳：耳目等外在感官的內歛，以致「墮肢體」，乃至「離形」。

2-2 無聽之以心：心識之內在感官的淨化，以致「黜聰明」，乃至「去知」。

「離形去知」就得到忘身（形若槁木）及虛心（心若死灰），道之工夫義就在虛心、忘身的修養。

3. 所忘的對象：外在禮樂規範→內在仁義價值、是非判斷等觀念（即德性之知、見聞之知）→身心俱忘。

4. 「益」表示修道歷程是一個動態有變化的漸進活動。

經此分析，〔註 8〕可見這幾個要點，完全蘊含於梓慶削木爲鐻「未敢耗氣」→「不敢懷慶賞爵祿、非譽巧拙」→「忘吾有四枝形體」的藝術修養中，「技」所以可能進於「道」的層次，就是成立於這個「存養工夫」之上，藝術精神實在是以修道精神爲形上依據。因此，二者的區別只是，修道者「將這種境界保守在主體生命中，成就了藝術化的人生。而梓慶卻將這種境界落實於藝術客體的經營，成就了驚動鬼神的藝術品。」（顏崑陽《莊子藝術精神析論》第三章「莊子藝術精神之體性」，頁 163，台北：學生書局，1985 年）以下我們就要繼續討論藝術家如何將此工夫運用在創作上。

第二節　藝術創作時的審美心理狀態

在本章第一節中，我們指明了創作主體在創作前具備了與修道主體本質上同一的養性工夫。而在這一節則要進一步考察，創作者如何以此工夫事實地運作於藝術創作上？以及表現出何種的效果？我們從《莊子》的藝術寓言中，至少可從兩個面向來作此探究：一、藝術家創作時的精神狀態；二、感官知覺的運作狀態。以下作分析討論：

一、藝術家創作時的精神狀態

這部分是指創作主體超越感官知覺的直接作用——不外從，以及超越功利、道德、認知等思慮——不內變，而能專一、純粹地觀照並投入藝術對象的審美心理狀態而言。〈達生〉「丈人承蜩」描繪了這種「專心」的心理狀況：

〔註 8〕 關於「梓慶削木爲鐻」與「女偊見道」、「心齋、坐忘」之比較，我們參考了徐復觀《中國藝術精神》及顏崑陽《莊子藝術精神析論》之意見。

仲尼適楚，出於林中，見痀僂者承蜩，猶掇之也。

仲尼曰：「子巧乎！有道邪？」

曰：「我有道也。五六月累丸二而不墜，則失者錙銖；累三而不墜，則失者十一，累五而不墜，猶掇之也。吾處身也，若厥株拘；吾執臂也，若槁木之枝；雖天地之大，萬物之多，而唯蜩翼之知。吾不反不側，不以萬物易蜩之翼，何爲而不得！」

痀僂丈人承蜩時聚精會神於所觀照的蜩翼上，排除與承蜩活動無關的一切事物，這種「唯」的狀態實際上同時描述了主體與客體兩方面，一方面承蜩者只「知」蜩翼；一方面天地萬物之現象中，只「蜩翼」被所知。這個主客體合一的境界，乃朗現於「用志不分，乃凝於神」的精神狀態中。另外，〈知北遊〉「大馬捶鉤」寓言中「於物无視也，非鉤无察也」的「非彼唯此」態度，也如同「唯承蜩之知」的「知」，是一種特殊的審美思維。在此思維中，它不能像科學思維般以邏輯概念去支配對象，而使對象與其他事物彼此關聯、互相比較。在整個審美觀照及活動的經驗中，創作心靈可以感知到「現在」是如此宏大，以致其他萬事萬物在它面前統統相形萎縮變小了。當前的「這個」對象，完全徹底地充滿於審美意識中，以致沒有任何一個其他事物能夠與之並存。自我將其全部的精神統統傾注於這個「唯一」的對象上，這種精神高度「凝集」的狀態，我們可以稱它爲「守」，這正是審美思維的特質。大馬捶鉤之道在於有所「守」，亦即審美意識全神貫注於一的心理特徵，而這創作美學上的工夫論，可以說是「女偊見道」有所「守」的工夫在藝術創作上具體的落實。

審美態度是一種專一心志於對象上的精神狀態，但並不表示在整個活動中，藝術家的心靈是完全被動地受對象所支配或控制。前述的「凝神」狀態，既是心靈的全部投入，實際上便包含有主動參與的成分，只是在審美經驗的形成中，不能明顯分化出屬於主體或客體的部分。〈達生〉「工倕旋而蓋規矩」的技藝，便指出此種「身與物化」的境界：

工倕旋而蓋規矩，指與物化而不以心稽，故其靈臺一而不桎。忘足，履之適也；忘要（腰），帶之適也；知忘是非，心之適也；不內變，不外從，事會之適也。始乎適而未嘗不適者，忘適之適也。

這則藝術寓言精要地歸結了我們在前面所強調的審美意識的內容，以下計以兩部分來說明。

1. 日常意識被垂直切斷的心理機制

「忘足，履之適也」以下文字，指出了創作主體進入審美觀照活動時，其意識出現閔斯特堡（Hugo Munsterberg 1863～1916）所說「孤立」對象的狀態。在閔斯特堡的解釋中，「孤立」就是讓一種事物完完整整單獨呈現在審美者面前，其它一切事物則置之度外。這種「孤立」顯然包括兩個方面：一方面是指把創作中所觀照的藝術對象，從其他一切事物構成的背景中「突出」；另一方面是指把眼前的藝術對象與「個人」的一切物質慾望、後設的價值系統分離開來。心中完全是一片純白，原原本本地接納觀照中的對象，讓客體自身將其完滿的個性呈顯其間，而不對它施加任何「污染」。這也就是顏回透過「心齋」的工夫而進入「坐忘」時「虛室生白，吉祥止止」的境界。倕旋的工匠，一旦進入「忘適之適」的審美狀態，包括外在感官所知覺的「履之適」、「要之適」，以及內在是非價值判斷的「心之適」，他的日常意識所展現的水平運動系統被「垂直切斷」，而整個意識活動便轉向另一個方位，這個方位就是「美的方位」。〔註 9〕因爲在日常生活中，大多數事物往往作爲世俗的事件出現，難於被視爲一個獨立「整體」爲人所關注。在這種情況下，吾人之注意力常被分散、不易集中，故難有一定的方向。然而，藝術家創作時對於藝術對象的觀看方式，則將人的日常觀看方式攔腰斬斷或加以抑制，使其注意力直接集中於（朝一定的方向）所關心的對象上。這種觀看方式足以「破壞」習慣而已固定的心態，使觀者立於全新的觀點上觀看事物而獲致獨創。

2. 「以天合天」的物我合一狀態

倕旋的工匠「指與物化而不以心稽，故其靈臺一而不桎」，指出創作者融入於對象之中，與對象爲一體，精神呈現自由而不受桎梏的境界，因爲創作主體雖將對象「孤立」，但並不以種種的「成見」去擁佔它，並且也消除對象對於主體的支配，而達至主客合一的境地。後世許多畫家在描述他們的創作心理時，便曾深刻地指出如是的境地：

唐代張彥遠《歷代名畫記》：

〔註 9〕日本美學家今道友信把日常意識比喻成一種水平運動的行動系統，當某個美的對象出現時，這種水平運動便被「垂直切斷」，「垂直」意味斷然、迅速、完全切斷。一經切斷，意識活動便轉向另一個方位，此方位，今道友信稱之爲美的方位。參滕守堯《審美心理描述》第三章「審美經驗的過程描述」。台北：漢京文化事業有限公司，1987 年。

> 凝神遐想，妙悟自然。物我兩忘，離形去知，身固可使如槁木，心固可使如死灰，不亦臻於妙理哉？所謂畫之道也。

宋代蘇軾〈書晁補之所藏與可畫竹〉：

> 與可畫竹時，見竹不見人。豈獨不見人，嗒然遺其身。其身與竹化，無窮出清新。莊周世無有，誰知此疑神。

宋代羅大經《鶴林玉露・論畫》：

> 方其落筆之際，不知我之爲草蟲耶，草蟲之爲我也，此與造化生物之機緘蓋無以異，豈有可傳之法哉。

清代石濤《畫語錄》：

> 山川與予神遇而迹化也，所以終歸於大滌也。

畫家在這種不分物我的境地中從事創作，並非意味畫家把自己埋沒於對象之中而喪失主體自己，而是如竺原仲二所說：

> 對象內在的理或眞活現於主體的自我之中。也就是說，主體的我以對象所具有的理爲媒介而活現在對象之中，對象所具有的理也活現在我的那種實踐和存在性中。在主客合一的境地中從事創作，就是把我的全部存在投入到這種關係中而自己進行活動。（《古代中國人的美意識》，第七章「中國繪畫藝術創作的理念及其背景，頁 159，北京：北京大學出版社，1987 年）

這裡，竺原仲二指出了主客合一的兩個要件，即主體的「存在性」與對象所具有「內在的理」。所謂對象的理活現在我的存在性中，正如「梓慶削木爲鐻」之「以天合天」，即樹木之眞與作者之眞合一。在此情境中，對象所具有的理已爲創作者所直觀、所把握。透過審美思維之「直觀」能力對於對象整個存在自體的把握，這個對象不同於知性意識中的對象，知性意識的分析特質只能把握住對象的「局部」而非「整體」，在審美意識中，主體心靈所參與、投入的是對象整個「存在的本質」，至於這個樣子是否爲對象「本來的」樣子，這個提法本身並不成立，因爲，對象「眞實而完整的存在」乃是透過一定的意向性結構，即主體的心靈結構才能被感知。總之，藝術家在進行審美活動時，物與我的關係是符合莊子以「超越」的修養工夫所朗現的精神境界，萬物可以作最眞實、自然的演出——物物各在其自己。〈知北遊〉云：

> 天地有大美而不言，四時有明法而不議，萬物有成理而不說。聖人者，原天地之美而達萬物之理。

聖人以敏銳深刻的「直觀」（原）的眼光來看待世界，使能夠體驗到天地萬物的一切姿相和存在方式本身皆爲美，而此所謂的萬物之「理」，則是萬物最究極的本原生命。在莊子的思想裡，物之「理」便是物之「眞實相」，能直觀萬物之眞，即能入大美之境界，而「直觀」乃是主體之眞所呈顯的能力。一旦理解「主體之眞」與「萬物之眞」的合一即爲「美」的這種本質聯繫，即能明白何以後世畫者繪畫時必定要盡可能地表現對象所具有的獨自的生命，使這些對象正是它自己，而非他物之特性。晚唐山水畫家兼畫論家荊浩，主張究明物象之源，所謂物象之源，就是物象的本體，他認爲眞正的畫，當能「度物象而取其眞」（見荊浩《筆法記》）。這種物之「理」或「眞」的探究，也正是宋代繪畫的目標，元朝的湯垕曾列舉一些著名畫家，如王維、張璪、畢宏、鄭虔、荊浩、關仝及其他董、李、范三家的人物，認爲他們能稟造化之美，原美於自然山水之中，能形象地描繪出深「造其理」的境地（見湯垕《畫鑒》）。這些藝術家不僅在筆法、構圖上深得畫法技巧之眞髓，而且能「象徵地」描繪出使這些自然景物得以產生和存在的本原生命，即能表現出自然景物中的「理」或「眞」。相關的見解尚有：

唐代張懷瓘《書斷》：

> 造於理者能畫物之妙，昧於理者則失物之眞，……惟畫之能造其理者能因性之自然，究物之微妙。

宋代鄧椿《畫繼》：

> 一者何也，曰傳神而已矣。世徒知人之有神，而不知物之有神。

蘇軾〈淨因院畫記〉：

> 山石竹木……無常形而有常理。

明代李開先《中麓畫品》：

> 物無巨細，各具妙理，是皆出乎玄代之自然，……萬物之多，一物一理。

清代方薰《山靜居論畫》：

> 世……以爲意（寫意）乃隨意爲之，生（寫生）乃象生、肖物，知古人寫生即寫物之生意。

布顏圖《畫學心法問答》：

> 夫意，先天地而有，……在畫爲神，萬象由是乎出，……如物無斯意，則無生氣，……以意使筆，筆筆取神，而溢乎筆之外。

綜合以上看法，日本美學家竺原仲二說：

> 古來中國繪畫美的價值的高低，就在於畫家能否在對象中、即在客觀的自然界所存在的一切事物以及畫家本人或一般人的精神和心情中，探索到這種意義上的眞，並把它作爲美而充分表現在作品裡。（竺原仲二前揭書，頁 115）

此處說明畫家之尋「理」求「眞」，不僅是探求外物的自然——天地萬物所具有的「理」，而且還探求主體的自然——作者自身心靈的自然所具有的「理」，這就是唐代張璪所說「外師造化，中得心源」（見張彥遠《歷代名畫記》卷十），藝術家力求能歸向、融入於藝術對象的本原生命中，「合取」物象之「眞」，使客觀的自然和內在的自然無區別，達到「默契天眞，冥周物理」（郭若虛《圖畫見聞志》語）的境地，而這個藝術活動中觀照對象的進路及成果，正是莊子「天眞」思想的衍申，〈大宗師〉云：

> 其好之也一，其弗好之也一。其一也一，其不一也一。其一與天爲徒，其不一與人爲徒。天與人不相勝也，是之謂眞人。

郭象注此段話云：「常無心而順彼，故好與不好，所善所惡，與彼無二也。」「一」是指與所見對象「無二」渾然爲一體，即牟宗三所說的「能直覺即融於所直覺而爲一主之朗現」、「能所分泯」（《智的直覺與中國哲學》第十九章「道家與佛教方面的智的直覺」，頁 210，台北：學生書局，1987 年），而其前提則是能去其主觀情識執著之成心，超離是非、善惡的相對關係，而出之以「天」——自然無爲之心，則成爲「眞」人，「天」（自然無爲）之過程與「眞」之結果，二者有著本質上的聯繫。〈漁父〉云：

> 眞在內者，神動於外，是所以貴眞也。

又云：

> 眞者，所以受於天也，自然不可易也。故聖人法天貴眞，不拘於俗。

〈天道〉云：

> 極物之眞，能守其本，故外天地，遺萬物，而神未嘗有所困也。

這兩段話有三個重點：第一，「眞」者乃是「受於天」，自然如此而不能加以改易，故有其超越意義；又是「內在者」，乃發自於人之性情，故有其內在意義；第二，有第一之眞的形上依據——「法天貴眞」，則能窮究萬有之本原生命——「極物之眞」，而不流離於森羅紛雜的現象界中；第三，眞人得以發揮其「直觀」——「神」的精神綜悟能力，而不受制於被外物所牽絆的感官欲望活動，換言之，眞人有其自身特殊的一套感官知覺運作方式。關於前二點對於藝術家之創作活動所發生的影響力，我們已作詳細的探討，以下我們將繼續分析第三點在藝術創作上具體的落實。

二、藝術家創作時感官知覺的運作方式

藝術的特質，在於其能以直觀能力來表現人之具體而整全的經驗。莊子書中，便揭示了藝術家從事實際創作時，這種直觀能力乃是成就偉大藝術品最重要的條件。這種能力，正如博蘭尼在《意義》一書中所謂的藝術的「整合力」，而這整合力「大致上是自動自發的，爲了標明這一點，我們不妨稱之爲『直覺』。」〔註10〕莊子在〈達生〉中指出，梓慶削木爲鐻的創作要件，乃是經由「心齋」、「坐忘」的養性工夫，以使在創作之際能專心凝神，從而培養一種直覺判斷力，藉著這種整體判斷力來運作技術，使技巧得以在器物中遊刃有餘，所以能此，乃因此種直覺判斷力即已預含各種制約創作之因素的覺察，故能不受阻礙，一氣呵成。〈養生主〉「庖丁解牛」一段，尤爲精彩地描述了藝術直覺在整個創作過程中所發揮的功能：

> 庖丁爲文惠君解牛，手之所觸，肩之所倚，足之所履，膝之所踦，砉然嚮然，奏刀騞然，莫不中音。合於桑林之舞，乃中經首之會。文惠君曰：「譆，善哉！技蓋至此乎？」庖丁釋刀對曰：「臣之所好者道也，進乎技矣。始臣之解牛之時，所見无非全牛者。三年之後，未嘗見全牛也。方今之時，臣以神遇而不以目視，官知止而神欲行。依乎天理，批大郤，導大窾，因其固然，枝經肯綮之未嘗，而況大軱乎！良庖歲更刀，割也；族庖月更刀，折也。今臣之刀十九年矣，所解數千牛矣，而刀刃若新發於硎。彼節者有間，而刀刃者无厚，以无厚入有間，恢恢乎其於遊刃必有餘地矣。是以十九年而刀刃若新發於硎。雖然，每至於族，吾見其難爲，怵然爲戒，視爲止，行爲遲。動刀甚微，謋然已解，如土委地。提刀而立，爲之四顧，爲之躊躇滿志，善刀而藏之。」

〔註10〕見博氏《意義》第六章「藝術的效力」，頁118，台北：聯經出版事業公司，1986年。我們認爲博蘭尼所說之「直覺」所以能用來解釋莊子所說之「直觀」，乃是因爲，博氏之學說極爲強調人文學研究之成就必須終極地依賴一種不可明指的個人心靈修養，而不止於感性及知性的層面上。參看《意義》第二章「個人知識」。

庖丁所說的藝術創作鍛鍊過程分爲兩個階段：「目視」與「神遇」。「目視」的階段就是感官知覺直接作用於物，至於「神遇」的階段，我們試作以下幾點分析：

（一）對於所欲解剖的對象「牛」完全視而不見，聽而不聞，視聽等感官活動與物接，卻不受物之牽引，表面看起來，似乎感官都停止了活動，即所謂「官知止」、「視爲止，行爲遲」。

（二）庖丁解剖「牛」之對象時，眼耳感官不停滯於經驗世界，卻代之以「內在感官」來「觀看」對象，即「以神遇」、「神欲行」。那麼，此時的「外在感官」的狀態爲何呢？是否完全不發揮其功能呢？其實，莊子說「離形去知」、「無視無聽」，並非意味徹底否定或者斷除一切的知覺活動，而是要「『正』汝形，『一』汝視」，不要止於「外在感官」受牽誘於外物的知覺層次。若能通過修養工夫而進入「內在感官」的靈覺運作之層次時，便能「心身合一」，使「外在感官」隨順於「內在感官」之進行，庖丁解牛時「手」之所觸、「肩」之所倚、「足」之所履、「膝」之所踦等外在感官的「行動之法」完全符合於內在感官之「神行」，於是形軀便產生一種符應於心的自然而完美的律動。庖丁之「見」的能力，可以說就是一種「內視覺」，或者就是梅洛龐蒂（M. Merleau-Ponty 1908～1961）所謂藝術家的「第三隻眼」。〔註 11〕這種特殊的靈視，使觀看主體之肉眼與對象之間能夠渾然無礙地交相溶滲，因爲，此際肉眼之官能知覺已爲靈視之精神直覺所主導，而不致阻礙觀照活動。對於重視藝術活動中「視知覺」運作方式極有研究的魯道夫・阿恩海姆曾說：

> 視覺決不是一種類似機械複製外物的照相機一樣的裝置。它不像照相機那樣僅僅是一種被動的接受活動，外部世界的形象也不是照相機那樣簡單地印在忠實接受一切的感受器上。……這種類似無形的「手指」一樣的視覺，在周圍的空間中移動著，那兒有事物存在，它就進入那裡，一旦發現事物之後，它就觸動它們、捕捉它們、掃

〔註 11〕梅洛龐蒂認爲，藝術家用眼去和可見世界接觸，所接觸的是存在的各個方面。觀看一幅畫，實際上是「我隨著這幅畫或伴同它在看，去深入到世界的內部」。藝術家有一隻能深入到事物內部去觀看的「第三隻眼」，可以看見一般人所看不見的存在。所以藝術家的視覺是「心靈之窗」，「是各式各樣的存在的匯合點」。參考梅氏〈眼和心〉一文，收於《二十世紀西方美學名著選》，蔣孔陽主編，上海：復旦大學社出版，1988 年。

描它們的表面、尋找它們的邊界、深究它們的質地。因此，視覺完完全全是一種積極的活動。〔註 12〕

阿恩海姆認爲，藝術家的視覺活動是人類精神所進行的一種創造性活動，其「眼力」是一種能夠創造出有效地解釋存在之整全經驗的圖式的能力，這正如〈田子方〉所謂「目擊而道存」之「目一」，此「目」爲「心目」，而不只是一般的「肉眼」。阿恩海姆並且引用阿瑟・瓦萊一本論老子《道德經》的專著《「道」和它的力量》中的一段話，直接認同莊子所舉之技藝家們的知覺能力。這段文字如是說：

造車的人、木匠、屠夫、弓箭手和游泳者，其熟練的技巧並不是來自於對有關的事實的積累，也不是靠拼命地使用自己的肌肉各外部感官，而是對隱藏於各種表面的差異和多樣性中的那種最根本的一致的利用（1），通過這種利用，就使存在於自身中的最根本的要素同他使用的工具的最根本的要素達到一致（2）。（阿恩海姆《視覺思維》第一章第一節「對感覺的不信任」，頁 45，滕守堯譯，北京：光明日報出版社，1987 年）

（1）就是庖丁「以神遇而不以目視」，而（2）則是「指與物化而不以心稽」，心（手）與媒材的合一。

（三）庖丁所以有神化的解牛技術，除了主體所具備的特殊的靈覺能力，還在於擁有高度純熟的技巧。當然，這當中也預含有對於媒介之客觀限制的超越（庖丁解牛「動刀甚微」，猶如〈達生〉之津人「操舟若神」），所以能夠使刀（媒介）在牛（藝術對象）的間隙之中順序操作，而未嘗有所阻礙，即所謂「依乎天理，批大郤，導大窾，因其固然，枝經肯綮之未嘗」。另外，值得注意的是，庖丁這種高度的藝術技巧的獲得，乃是長期（十九年）創作經驗累積的結果，丈人承蜩從「累丸二而不墜」到「累三而不墜」到最後「累五而不墜」，輪扁斲輪有七十年（見〈天道〉「輪扁斲輪」的寓言），而大馬之捶鉤則長達八十年，呂梁丈夫之蹈水亦自小爲之，「長於水而安於水」，都說

〔註 12〕阿恩海姆著，滕守堯、朱疆源合譯，《藝術與視知覺》第二章第一節「作爲一種積極的探索工具的視覺」，頁 48，北京：中國社會科學出版社，1987 年。阿恩海姆並且以爲藝術之所以受到忽視，是因爲它的基礎被認爲是感知，而感知之所以受到鄙薄，則是因爲一般人割裂知覺與思維，對於知覺抱以不信任的態度，然而，在事實上，沒有這種感知力，任何一個研究領域的創造性思維都不可能，甚至理性思維，也要以此感知力爲基礎。

明了必須長期浸漬於一項技藝活動，才可能製作出完美的藝術品，《淮南子・脩務訓》中有一段話即能說明藝術創作「服習積貫」的重要性：

> 今夫盲者目不能別晝夜、分白黑，然而搏琴撫弦，參彈復徽，攫標授標拂，手若蔑蒙，不失一弦。使未嘗鼓瑟者，雖有離朱之明，攫援之捷，猶不能屈伸其指。何則？服習積貫之所致。

以上之第一、二點，我們解說了創作主體從事技藝活動時的靈覺狀況，第三點則屬於創作時技術問題，這兩方面存在著主從關係。因為技術既是人之所為，便不能不有人之「觀看之道」於其中。一切人為之技藝，絕不能脫離創作者知覺之主導，庖丁高度純熟技巧的運作，便隱涵有其靈覺。莊子認為，「術」是否能進而成為「道」的關鍵，端賴於藝術家是否陶養得創作上的「智的直覺」，也就是郭若虛所說「默契神會，不知然而然也」的藝術直覺。值得注意的是，這種「智的直覺」，實際上涵攝了感官知覺層次的「感性直覺」，〔註 13〕才使得藝術創作不只停留在感性的面向上。「智的直覺」並非要否定「感性直覺」，畢竟，創作活動必然要經過知覺物象的階段，然而更為重要的是，藝術創作要超越「形似」的層次而上達「神似」的境地，而這境地，則必須終極地發之以「智的直覺」。具備了「智的直覺」，便能達到〈人間世〉所說「循耳目內通而外於心知」，耳目等五官不向外發卻皆備於虛靜心之中。〔註 14〕唐代符載〈觀張員外畫松石序〉云：

> 觀夫張公之藝，非畫也，眞道也。當其有事，已知遺去機巧，意冥玄化，而物在靈府，不在耳目。故得於心，應於手，孤姿絕伏，觸毫而出，氣交沖漠，與神為徒。若忖短長於隘度，算妍蚩於陋目，

〔註 13〕「智的直覺」所直覺的是物自身的體性；「感性直覺」所感觸的是現象或表象。詳細分辨可參看牟宗三《智的直覺與中國哲學》16「智的直覺之意義與作用」。台北：學生書局，1987 年。

〔註 14〕莊子「五官皆備」、「耳目內通」的思想，被一些學者引為後世藝術家在作品中製造「通感」或「聯覺」的形上依據。如張石《莊子與現代主義》（河北人民出版社）即以《莊子・人間世》「循耳目內通，而外於心知」、〈天地〉「淵默而雷聲」、「視乎冥冥，聽乎無聲，冥冥之中，獨見曉焉；無聲之中，獨聞和焉」以及〈天運〉「黃帝答北門成問咸池之樂」一段，皆是「通感」的現象。所謂「通感」，錢鍾書認為：「在日常經驗裡，視覺、觸覺、嗅覺等往往可以彼此打通或交通，眼、耳、鼻、身等各個官能的領域可以不分界限。顏色似乎會有溫度，聲音似會有形象，冷暖似乎會有重量，氣味會有鋒芒。」參《七綴集》（台北：書林出版有限公司，1990 年）中〈通感〉一文。事實上，以莊子思想來看，感官之間所以能夠相互借用，乃是通過「心」，「心」愈是虛一而靜，愈能發揮此種功能。

凝觚舐墨，依違良久，乃繪物之贅也，寧置於齒牙間哉！

「遺去機巧，意冥玄化」所指爲藝術修養，「物在靈府，不在耳目」是以心觀物，而「得於心，應於手……與神爲徒」則是發之以直覺來從事創作。以畫竹爲例，鄭板橋以爲畫竹有「眼中之竹」、「胸中之竹」及「手中之竹」三階段，〔註 15〕「眼中之竹」是初步觀察獲得的視覺表象，然而客觀事物具有多重角度的不同特徵，每看每異，故必須直觀對象的本質，細心觀得即成爲「胸中之竹」，再發以直覺振筆揮就而成爲「手中之竹」，所以蘇軾〈文與可畫篔簹谷偃竹記〉說：「故畫竹必先得成竹於胸中，執筆熟視，乃見其所欲畫者，急起從之，振筆直遂，以近其所見，如兔起鶻落，少縱則逝矣。」相關的見解，在繪畫上如：

張彥遠《歷代名畫記》中載劉宋宗炳云：

聖人含道應物，賢者澄澄懷味象，……夫以應目會心爲理者，類之成巧，則目亦同應，心亦俱會，應會感神，神超理得。

明代董其昌《畫禪室隨筆》云：

形與手相湊而忘，神之所託也。

清代方咸享《邵村論畫》云：

蓋神也者，心手兩忘、筆墨俱化、氣韻規矩皆不可端倪，仁者見仁，智者見智，所謂一切不可知之謂神也。

在書法上如：

唐代虞世南《筆髓論》云：

字雖有質，迹本無爲。稟陰陽而動靜，體萬物以成形，達性通變，其常不主。故知書道玄妙，必資神遇，不可以力求也；機巧必須心悟，不可以目取也。

在音樂上如：

歐陽修〈書梅聖俞稿後〉：

樂之道深矣，故工之善者，必得於心、應於手，而不可述之言也。聽之善，亦必得於心而會以意，不可得而言也。

〔註 15〕鄭板橋〈題畫〉云：「江館清秋，晨起畫竹，煙光、日影、露氣，皆浮動於疏枝密葉之間。胸中勃勃，遂有畫意。其實胸中之竹，並不是眼中之竹也。因而磨墨展紙，落筆倏作變相，手中之竹又不是胸中之竹也。總之，意在筆先者，定則也；趣在法外者，化機也。」所謂「意在筆先」之「意」即藝術直覺，有此直覺方能產生法外之趣。

在文學上如：

包恢〈答曾子華論詩〉：

> 古人於詩不苟作，不多作。而或一詩之出，必極天下之至精，……有窮智極力之所不能到者，獨造化自然之聲也。蓋天機自動，天籟自鳴，鼓以雷霆，豫順以動，發自中節，聲自成文，此詩之至也。

畫、書、樂、詩，總之皆需得之於神遇，而不可以言傳。藝術乃是運用一定的物質材料傳達藝術家內心的審美體驗，審美體驗是一個整體不可分割的「默」的境界，自然必得之於「默契神會」的創作美學。然而，這種藝術上的「智的直覺」究竟「如何地」運作？以下，我們將用博蘭尼「默會致知」之「轉悟關係」的結構儘可能地進一步來說明以「神遇」的靈覺內容。概略地說，博蘭尼認爲人之知覺一件事物乃由兩種意識所構成，即「支援意識」及「焦點意識」。後者是事物的意義，即所欲知覺的目標，而前者則是幫助吾人知覺此目標的輔助線索。經由輔助線索方能由支援上的「轉」（起點）而進入焦點目標的「悟」（結果），他解釋這種結構說：

> 因此，如我們所見，默會致知的結構包括了接合起來一對構成分子。支援者的存在乃是在於它們指歸我們由它們轉而悟成的焦點。換句話說，轉悟致知的功能結構是以接合的方式包括了一個支援上的「轉」（from）和一個焦點上的「悟」（to or at）。（《意義》第二章「個人知識」，頁 42，台北：聯經出版事業公司，1986 年）

博蘭尼認爲這種「默會致知」是一融貫的判斷，具有不可精確地一一分析的隱約性，故屬於一種「個人知識」，因爲，如果我們能一一確認支援成分的細部內容，那麼，支援部分豈非成爲焦點部分？這說明了，支援意識與焦點意識乃爲合作的兩部分，特質不同，不可相容。因此，有一項活動必然會破壞「默會致知」的結構，使得焦點的意義被取消、抹滅。他說：

> 在對一件事物有起轉意識（即「支援意識」）時，我們看到的這件事物有意義，我們一把注意集中在我們原來只有起轉意識的事物上，當初的意義就消失了。注意力集中於此物，此物就會以其自身、以其硬生生的物體本質面對我們。這是以焦點意識代替起轉意識而發生的意義剝奪。

〈養生主〉中所說以「目視」的層次所以顯得生澀滯礙，即因爲缺乏「支援意識」的輔助線索，而直接面對焦點目標「所見无非全牛」，所以不知從何著手。至於以「神遇」的層次所以能達至遊刃有餘之境地，則是具備同時蘊含兩種意識而有的「默會致知」，「神遇」是從一種無法一一指認的支援成分（包括觀物之道、心志專一、知覺經驗及技巧訓練等等）發展到焦點目標，所以「未嘗見全牛也」，「目視」只是以感官直接面對對象，而「神遇」則以想像之飛馳輾轉進行，整個動作是「莫之爲而常自然」（〈繕性〉）。〈天道〉「輪扁斲輪」便是體悟出這樣深刻的道理：

> 輪扁曰：臣也以臣之事觀之。斲輪，徐則甘而不固，疾則苦而不入。不徐不疾，得之於手而應之於心，口不能言，有數存焉於其間。臣不能以喻臣之子，臣之子亦不能受之於臣，是以行年七十而老斲輪。

在這段話中，包含了兩個重點的提示：

1. 輪扁自身莫能言喻卻心中有數的創作經驗。輪扁斲輪已臻於出神入化之境，故能「得之於手而應之於心」，「心」「手」合一，代表著「媒材」與「精神」融爲一體，「手」隨「心」轉，已達至藝術創作時的最高階段，這與前面所提及庖丁解牛時「以神遇而不以目視」之遊刃有餘，乃是同一境界，也就是由「技」入「道」的境界。

2. 這種創作經驗是無以傳授的。1、是指明創作經驗爲不可言說清楚，2、則是指明非但不能言說清楚，而且無法透過其他形式活動有所步驟地學習而得，所以從前的學徒要學習師父的專門技藝，就只有與師父朝夕相處，在實踐中默會而獲致，而沒有什麼理論課程。因此，創作活動乃是「不共之術」，故爲「不傳之道」。《淮南子・齊俗訓》說：

> 工匠之斲削鑿枘也，宰庖之切割分別也，曲得其宜而不折傷。拙工則不然，大則塞而不入，小則窕而不周，動於心枝於手而愈醜。

又說：

> 剞劂銷鋸陳，非良工不能以制木；鑪橐埵坊設，非巧冶不能以冶金。屠牛吐一朝解九牛，而刀可以剃毛；庖丁用刀十九年，而刀如新剖硎。何則？游乎眾虛之間。若夫規矩鉤繩者，此巧之具也，而非所以巧也。故瑟無絃雖師文不能以成曲，徒絃則不能悲，故絃悲之具也，而非所以爲悲也。若夫工匠之爲連鐖運開，陰閉眩錯，入於冥冥之眇，神調之極，游乎心手眾虛之間，而莫與物爲際者，父不能以教子。瞽師之放意相物，寫神愈舞，而形乎絃者，兄不能以喻弟。今夫爲平者準也，爲直者繩也。若夫不在於繩準之中，可以平直者，此不共之術也。故叩宮而宮應，彈角而角動，此同音之相應也。其

於五音無所比，而二十五絃皆應，此不傳之道也。

由以上論述，總之，在藝術創作上，「技」與「道」之根本差異便是前者仍然受到器物材料種種的制約，後者則是脫離了規律、規範，而入於運規律、規範於巧妙之中的境地。這裡，吾人亦可以看出，在莊子的觀念中最高明的創作乃是合於道，當中藏有「默知」，並不把「技」從「道」孤立出來，僅僅作爲純粹的技術而已。

第三節　作品的完成及審美經驗的發生

一、作品的完成

在前面二節，我們解說了藝術創作前，創作主體精神如何以修養工夫來涵養自身的眞性情，也就是「作者之眞」，以使創作時得以保持守神專一的心志，從而獲致「默會致知」的藝術直觀能力，去直觀對象整體存在的本原生命，也就是「對象之眞」。

經過如此的兩個創作歷程，藝術家所創造出來的藝術品自然不只是停留在無意義地表現一般感官經驗的事物，而是能傳達人之整體的存在內涵，如是的藝術品就具備了「作品之眞」。它的特質就在於總是保持與具體的、現實的、不可分割的眞實世界的聯繫。它所構成的審美現象開顯了眞理，包括著人對於眞實存有的全部體驗，所以謝林以爲：「展示最高的作品，只能由永遠者創造出來。」而「作品中所展現的美，其自身又是永遠者。」（轉引自竺原仲二前揭書，頁 121）這種美的作品，在於繪畫，就是要達到〈田子方〉「宋元君將畫圖」所謂「解衣般礡」的「眞畫」境界。在於音樂，〔註 16〕則是達到〈天運〉「黃帝答北門成問咸池之樂」所謂「天樂」的境界：

……天機不張，而五官皆備，此之謂天樂。无言而心說，故有焱氏爲之頌曰：「聽之不聞其聲，視之不見其形，充滿天地，苞裹六極。」

「解衣般礡，裸」是個藝術意象，其義有三：1. 修養方法，2. 精神境界，3. 作品意境。所以郭熙《林泉高致》論作畫云：「莊子說畫史解衣般礡，此眞

〔註 16〕在文學的領域中也是如此，朱光潛認爲：「詩的境界是用『直覺』見出來的，它是『直覺的知』的內容而不是『名理的知』的內容」，朱光潛雖以禪宗的「悟」來解釋「直覺的知」，實則莊子「神遇」說即含有「悟」的意思。參《詩論》第三章「詩的境界——情趣與意象」，頁 52，台北：漢京文化事業有限公司，1982 年。

得畫家之法。人須養得胸中寬快，意思悅適（1），如所謂易直於諒，油然之心（2），則人之笑啼情狀，物之尖斜偃側，自然布列於心中，不覺之於筆（3）。」「天樂」也就是「天籟」，郭象注〈齊物論〉之「天籟」時云：「自己而然，則謂之天然。天然耳，非爲也，故以天言之。」由此可知，「眞」畫以及「天」樂，所以是至美的藝術成品，因爲它們呈現了「自然」的「道」之屬性。就繪畫之藝術類型而論，不外乎是模擬外在物象的「寫實畫」或者是抒發人類情志的「寫意畫」，然而，二者不過是題材選擇上有所差異，並無評價上的高低之別，就莊子之判斷標準而言，重要的是，所畫的是否能成其爲「眞畫」。「眞畫」之「眞」嚴格規定其意義，應當包含兩方面的眞，一者爲作品的「內容之眞」，一者爲作品的「形式之眞」，前者之義爲：作品是作家自身「眞實上的表現」，後者則是：作品是作家「表現上的眞實」。

就作品的「內容之眞」而言，「寫實畫」必須是寫物之生意，就是要在畫面上充分生動地反映出對象自身的本質（即物之「理」、「眞」或「神」）；「寫意畫」則必須是要能寫己之眞性情，也就是畫家「內部之眞」，即擺脫塵累之俗心而歸於自由無限的生命本源。例如張彥遠《歷代名畫記》評論顧愷之畫的筆迹時曾說：「界筆是死畫也。守其神，專其一，是眞畫也。……眞畫一劃見其生氣。」對於「眞畫」，張氏所下的判斷有二：創作主體必須「守其神，專其一」，以及畫中必見「生氣」，這兩個判斷，皆符合莊子論斷「眞畫」的標準。又如宋代董逌《廣川畫跋》說：

> 世之評畫者曰：妙於生意，能不失眞，如此也，至是爲能盡其技。

韓拙《山水純全集》後序載張懷瓘之語：

> 凡畫者辟天地玄黃之色，泄陰陽造化之機。

清代鄒一桂《小山畫譜》云：

> 入細通靈，人之技巧，至於畫而極，可謂奪天地之功，泄造化之祕，……

華翼綸《畫說》云：

> 蓋天地眞境，……取之不盡，用之不竭，於以知筆墨之通乎造化。

都說明了與莊子同樣的評價標準。藝術品在內容上必須取得眞實，也說明了有限的藝術品之所以能被視爲無限的代言者，是因爲它能夠彰顯萬有無限的生命，因此，松本亦太郎說藝術家是被稱爲：

> 在山、水、雲中發現宇宙無限的生命，看到其中種種妙不可思議的

姿態，因而對之憧憬、眷戀，抓住這些山、水、雲中的久遠的生命，並使之表現在藝術上的人。畫家之畫山水，實在是通過其作品，把宇宙存在（絕對的存在）展現在自己眼前。（轉引自竺原仲二前揭書，頁 122）

至於作品的「形式之眞」，莊子有一些原則性的提示。〈大宗師〉說：「覆載天地刻雕眾形而不爲巧」，郭象注：「自然，故非巧也」，成玄英疏：「眾形雕刻，或資造化，同稟自然，故巧名斯滅」；〈應帝王〉又謂：「雕琢復樸」，成疏：「雕琢華飾之務，悉皆棄除，直置任眞，復於樸素之道」。這些觀點，都不應被單純地視之爲本質地否定形式技巧，畢竟，無技法何以成事？其意指應是，「雕琢」的技巧之事，非不可爲，而是必須出之以「自然」，必須「任眞」，白居易〈大巧若拙賦〉中的一段話，可以爲此見之注腳：

噫！舟車器異，杞梓材殊，罔枉枘以鑿，罔破圓爲觚，必將考廣狹以分寸，審剞方以規模，則物不能以長短隱，材不能以曲直誣，是謂心之術也，豈慮手之傷乎？且夫大盈若沖，大明若蒙，是以大巧棄其木工。則知巧在乎不違天眞，非勞形於木人之內；巧在乎無枉物情，非役神於棘刺之中。

白居易認爲，藝術創作的材料本身爲客觀限定，甚至是無意義的，它必須成爲精巧的藝術品，才有永存價値，而精巧的標準則是「不違天眞」，所以可能致此，藉乎作家之心術，也就是白居易所謂「大小存乎目擊，材無所異」（亦見於白氏〈大巧若拙賦〉）。然而，我們可以進一步問：怎樣才是技巧上的不失眞？依莊子「無爲而爲」的啓示，就是要用法而不見法，用巧而不見巧，去爐錘之迹，無斧鑿之痕，就如梓慶之削鐻、匠石之運斤一般。白居易所謂「巧之小者有爲，可得而闚；巧之大者無迹，不可得而知」（同前），用法而不見法，就具備了「在神明之中、巧力之外」的「活法」，〔註 17〕「活法」是「無定法而有定法」，因爲「造詣至無法之法，則法不可勝用矣」（朱庭珍《筱園詩話》）。由此可知，莊子「任眞」的技法觀，不重在於有法、無法之辨，而重在於「如何」用法。以上陳述，要以言之，欲製作出偉大的藝術品，技

〔註 17〕葉燮《原詩・內篇上》云：

法有死法，有活法。……法在神明之中，巧力之外，是謂變化生心。變化生心之法，又何若乎？則死法爲定位，活法爲虛；虛名不可以爲有，定位不可以爲無。不可爲無者，初學能言之，不可爲有者，作者之匠心變化，不可言也。

巧上的自然爲不可忽略的要素，能以「眞法」傳達「眞理」，才能成就「眞品」，所以，漆緒邦說：

> 藝術之「眞」，首先是情性之眞，是情性之自然。藝術之眞，還在於自然情性的表現之「眞」。文學是內在情性和外在語言表現的統一，這兩者皆「眞」，才能得到文學作品的整體的美。（見漆緒邦《道家思想與中國古代文學理論》五、「大巧若拙」、「雕琢復樸」與「天工自然」，頁 173，北京：北京師範學院出版社，1988 年）

總之，在莊子的藝術寓言中，吾人可以得知，藝術的眞實性，當可括及三方面：作品之眞、對象之眞以及作者之眞。至於這三者之間的關係，莊子有如下之啓發：

1. 「作品之眞」就是要傳達「作者之眞」或者是「對象之眞」。
2. 「對象之眞」則是透過「作者之眞」之觀照而具見。
3. 「作品之眞」亦必須在「作者之眞」的條件下，才能獲致表達效果。
4. 「作者之眞」爲創作之樞紐所在。

關於這幾個面向，雖然莊子都只是原則性的指點，並無詳加解說，後世藝術家卻從中發展出許多重要的藝術理念，並應用於藝術品的創作。例如第一點涉及了作品與實在的關係問題，第二點涉及了「再現」與「表現」是本質上的差異，抑或程度上的差異。第三點則涉及作者人格與風格的統一與否等等。由於這些議題自身的複雜性，致使我們無法在此詳盡析論，不過，在解說美感經驗的發生之後，我們將略作線索式的交待。

二、美感經驗的發生

歷代文藝批評家一致認爲，審美經驗的心理感受乃爲不可言傳，若欲描述之，委實不易。然而，莊子在〈天運〉中，卻有一段論述，極爲精妙地描述審美經驗獲致時的心理特徵，雖然，這段言論旨在描繪藝術之鑑賞者在「接受過程」中產生的心理狀態，但我們認爲，這樣的審美經驗亦如實地發生於藝術家之「創作過程」中。莊子說：

> 北門成問於黃帝曰：帝張咸池之樂於洞庭之野，吾始聞之懼，復聞之怠，卒聞之而惑。蕩蕩默默，乃不自得。
>
> 帝曰：……吾奏之以人，……。
>
> 吾又奏之以陰陽之和……予欲慮之而不能知也，望之而不能見也，逐之而不能及也，儻然立於四虛之道，倚於槁梧而吟。目知窮乎所

> 欲見，力屈乎所欲逐，吾既不及已夫。形充空虛，乃至委蛇，汝委蛇，故怠。
>
> 吾又奏之以无怠之聲，……動於无方，……天機不張，而五官皆備，此之謂天樂。无言而心説，故有焱氏爲之頌曰：「聽之不聞其聲，視之不見其形，充滿天地，苞裹六極。」汝欲聽之，而无接焉，而故惑也。樂也者，始於懼，懼故祟。吾又次之以怠，怠故遁。卒之於惑，惑故愚，愚故道，道可載而與之俱也。

這段議論明確地將審美經驗分爲「懼」、「怠」、「惑」三個階段或三種境界。第一階段的「懼」，是指某種獨特的審美對象顯現時，心理上瞬間產生一種「不確定」的緊張狀態。由於審美對象將觀者的感官知覺、理性思維「初步地」垂直切斷，主體便突然面對一個未知的情境，故產生恐懼之情。郭象注說：「初聞無窮之變，不能待之以一，故懼然悚聽也」。「不能待之以一」，就是不能「聽之以氣」，因爲剛入審美的境域中，耳目感官既不能作尋常的直接運作，又不能靜心觀之，自然陷入「懼然悚聽」的狀態中了。進入第二階段時，審美思維繼續垂直地作用於非審美思維，成玄英疏云：「夫形充虛，則與虛空而等量；委蛇任性，故順萬境而無心；所謂隳體黜聰，離形去知也，只爲委蛇任性，故悚懼之情怠息。」「無心」、「去知」，就是理性思維「欲慮之而不能知也」、感官知覺「目知窮乎所欲見」，二者俱在審美對象前由「懼」之初步感受而進入「目瞪口呆」的狀態，主體「大體地」把握對象的整體，審美意識爲對象所吸引而隨順於物，漸漸地進入第三階段「惑」的狀態中。在「惑」的階段中，由於智止慮息，一切聽之任之，並與之同化、交融爲一。此時，理性完全超越了時空界限，追隨音樂而馳騁，枉顧自身的限定而轉換爲審美思維，進入「動於无方」的「神遊」境地。因爲，北門成所聽聞的是「天樂」，必須「聽之以氣」，而不能「聽之以耳」；以耳接之，必須依賴相應於聽覺的形式音律。然而，「天樂」乃是「聽之不見其聲，視之不見其形」，以致感官上的能聽（耳），沒有所聽（聲）以爲符應，所以，黃帝回答說：「汝欲聽之，而无接焉」，這就是爲什麼北門成會陷入「迷惑」的狀態裡。莊子以「愚」的描述語來形容審美主體獲得最高審美經驗時的「表面」，這個「表面」也就是〈齊物論〉中南郭子綦的「形如同槁木」，〈達生〉「紀渻子養鬥雞」之「呆若木雞」。雖然，至於「愚」之「表面」所含的「表情」的內容又是如何呢？

審美經驗從發生到完成爲一有層次性的過程，並非每一個審美主體都能享有最高境界的審美經驗——惑。然而，一旦審美主體進入「惑」的審美層次，其內心則必然產生「美感」及「樂感」。〈田子方〉中借孔子見老聃的寓言說明這種審美效果：

老聃曰：吾游心於物之初。

孔子曰：何謂邪？

曰：心困焉而不能知，口辟焉而不能言，嘗爲汝議乎其將。……

孔子曰：請問游是。

老聃曰：夫得是，至美至樂也。得至美而游乎至樂，謂之至人。

「游心於物之初」是審美境界中主客關係的交融，「至美至樂」則是所游境界的總體描述詞。這個描述詞並非指涉於客觀現象界，而是主體內在的精神狀態。它所產生的具體感受就是「美感」及「樂感」，而此感受不能以理智思維加以分析（所以「心困焉而不能知」），也就不能相對地以語言來表達陳述（所以「口辟焉而不能言」）。

總結本章論述創作與修道的本質聯繫，我們可以簡要的歸納爲下列幾個重點：「道心」是修道能否見道的關鍵，「文心」是創作能否成功的關鍵，「道心」爲「文心」之形上依據。「道心」與「文心」都有下列之特質：

（一）不同於觀看事物時帶有意欲的普通方式，放棄用概念思維。

（二）知覺主體全神貫注於知覺對象本身，但不是黏滯於其上，而是「即於物而超於物」。

（三）主體以己之眞與知覺對象之眞融爲一體。

（四）不固著於事物之物理空間、時間和因果關係。

最後，我們還要線索式地交待，本章所述莊子的藝術思想對於後世的藝術理念有什麼啓發。

1. 「心齋」、「坐忘」的修道工夫，以得「眞心」→「心不勞」（石濤《畫語錄》）之藝術存養，以得「作者之眞」。
2. 「眞心」能「游心於物之初」，掌握到「萬有之眞」→作者掌握到「對象之眞」。「萬有之眞」或「對象之眞」是主體精神境界中所朗現者。
3. 「眞心」能達到「乘物以游心」的物我合一→「神與物游」的審美思維方式。〔註18〕

〔註18〕劉勰《文心雕龍・神思》云：

文之思也，其神遠也。故寂然凝慮，思接千載；悄焉動容，視通萬里。吟詠

4. 「眞心」能培養「一志」（專一心志）→「凝神」的專注態度。
5. 「眞心」還能具有「神遇」之直觀的觀看→歸之於「神會」之藝術直覺的創作方式。
6. 創作的目的是要製作出「氣韻生動」（極物之眞）、能洩造化之祕（道）的「眞品」（眞畫）。
7. 「作品之眞」包括「內容之眞」及「形式之眞」。二者皆不能脫離「作者之眞」而獨立存在。
8. 「形式之眞」是「無法之法」的「活法」（刻雕眾形而不爲巧）。
9. 「內容之眞」，就「寫實畫」而言，是要寫物之生意；就「寫意畫」而言，是要寫己之眞性情。然而，物之生意乃由作者觀照而得，「寫實畫」並非複製對象的物理存在，必然含有作者的「觀點」，故寫物之生意即寫我之意。所謂「寫實畫」，在中國繪畫的定義中，是要寫物的眞實性，而物的眞實性，則必須透過主體的眞實心觀照而得。因而，「寫實畫」在某個程度上，也就是「寫意畫」。由此可知，在中國的藝術理念裡，「再現」與「表現」並非有本質之別，而是程度之別。從某個角度來說，甚至並無具嚴格意義的「寫實畫」，一切的「再現」皆出自於「表現」，此爲中國藝術中獨特的「表現觀」。這種想法，可在莊子「境界型態」的道論中，找到根據。〔註 19〕由此，吾人亦可以理解：
   9-1 蘇軾等人何以可能發展出「文人畫」，何以「文人畫首重精神」（陳衡恪〈中國文人畫之研究〉），因爲藝術皆是「心聲心畫」，「心」與「作品」之間實存在著「有機性的聯繫與對應關係」。〔註 20〕

之間，吐納珠玉之聲；眉捷之前，卷舒風雲之色，其思理之致乎！故思理之妙，神與物游。神居胸臆，而志氣統其關鍵；物沿耳目，而辭令管其樞機。有關「神與物游」之中國傳統審美方式，其論證可參考成復旺《神與物游》一書，北京：中國人民大學出版社，1989 年。

〔註 19〕滕守堯認爲只有道家的表現論，才眞正代表中國的表現論。道家的表現論是認爲藝術若欲達到成功的表現，必須首先與「道」達到完全的合一，於是，藝術家之表現自我，即等於表現「道」。參滕守堯《審美心理描述》第六章第五節「東方人的『表現觀』」，頁 175，台北：漢京文化事業有限公司，1987 年。

〔註 20〕石守謙認爲，中國之藝術理論一致以爲「道」「藝」兩者之有著密切關係，並且發展出兩種看法：
1. 「形式」與「心」二者之間具有對應的關係。

9-2「詩是無形畫，畫是有形詩」(蘇軾〈書摩詰藍田煙雨圖〉)之「詩畫本一體」成立的基點在於，詩畫無非都是主體精神境界的表現。

9-3 既然寫物之生意即寫我之意，那麼，只要能把我「胸中之竹」、「胸中之丘壑」表現出來即可，並不需要拘泥於是否符合物理時空中的眞實。如王維出自興會的作品〈袁安臥雪圖〉，畫雪裡芭蕉，合桃、杏、蓮花、芙蓉等四時之物爲一景。這種傾向到宋代取得自覺，乃至明清之際發展成主觀的變形主義，都可從此找到契機。〔註21〕要表現對象的眞實性，只需以「象徵式」形象符號描繪出來，觀者從這個符號，不但可以看到生動的審美對象，也可以看到審美主體的情感樣態。

從以上的線索看來，藝術創作以「作者之眞」最爲緊要，「道」、「心」、「藝」依次的從屬關係，顯示了「人格與風格必然統一」的創作觀，郭若虛〈論氣韻非師〉中以爲畫可以「印證」畫家之心，絲毫無所藏匿，〔註22〕「在他看來，人格不啻就是氣韻，它不僅影響一個人繪畫藝術成就的高低，更在冥冥中決定了畫家的表現風格。」(石守謙〈賦彩製形——傳統美學思想與藝術批評〉一文，收於《美感與造形》，引文見頁47，台北：聯經出版事業公司，1990年)《石濤論畫》則認爲：「以形作畫，以畫寫形，理在畫中(1)。以形寫畫，

---

2. 「用筆」與「氣韻」求之於人格修養。此詳細之論證過程，參石守謙〈賦彩製形——傳統美學思想與藝術批評〉一文，收於《美感與造形》，台北：聯經出版事業公司，1990年。

〔註21〕變形主義多出之以個人主觀之畫法。相關意見有：
倪瓚〈題自畫墨竹〉曰：
余之竹聊以寫胸中逸氣，豈復較其似與非、葉之繁與疏、枝之斜與直哉？或塗抹文之林，他人視以爲麻爲蘆，僕亦不能強辨爲竹，眞沒奈覽者何。
明代唐志契《繪事微言．山水性情》曰：
凡畫山水，最要得山水性情，……自然山性即我性，山情即我情，……自然水性即我性，水情即我情，而落筆不板呆矣。
清代鄒一桂《小山畫譜》曰：
今以萬物爲師，以生機爲運，見一花一萼，諦視而熟察之，以得其所以然，則韻致丰自然生動，而造化在我也。

〔註22〕郭虛若《圖畫見聞志》卷一〈論氣韻非師〉說：
人品既已高也，氣韻不得不高；氣韻既已高也，生動不得不至。……且如世之相押字之求，謂之心印。本自心源，想成形迹；迹與心合，是之謂印。矧乎書畫發之於情思，契之於綃楮，則非印而何？押字且存諸貴賤禍福，書畫豈逃乎氣韻高卑？夫畫猶書也。楊子曰：「言，心聲也；書，心畫也。聲、畫形，君子小人見矣。」

情在形外。至於情在形外，則無乎非情也（2）。無乎非情也，無乎非法也（3）。」（見俞崑編著《中國畫論類編》，台北：華正書局，1984 年）石濤的看法就是：1. 以繪畫來狀物，則物理即存在於畫中；2. 繪形成畫時，即融進了自己的情感，「形」便在「情」的包圍之中，則畫中無往而非己之情；3. 所以，只要表現自己的情感，不需受限於規矩、法度，「情」就是「法」的依據。郭若虛與石濤之見，都典範地代表了創作存乎一心的藝術思想，能達到創作的最高境界，也就進入「不知藝之爲道，道之爲藝」、〔註 23〕道藝不二的境地。

〔註 23〕《宣和畫譜》曰：「畫亦藝也，進乎妙則不知藝之爲道，道之爲藝。」

第五章　詮釋原則與體道原理的關係

藝術作品發生於作者，它的眞正完成卻需要讀者的參與詮釋，詮釋的任務並非絕對主觀任意，乃是進行於相對客觀的條件之下。而詮釋主體的詮釋原則或態度，必然基本地影響詮釋活動的效益。因此，詮釋原則的正確建立，實爲進入詮釋活動之前的一項重要工作。在本章，我們所要討論的主題，便是莊子如何論詮釋原則，並且這些原則是如何本質地聯繫於修道者體道的態度。由於莊子的詮釋觀多半發表於論及語言的一些看法中，因此，本章所述的論點，主要依據莊子的語言觀，而所討論的詮釋對象，則以文學作品之藝術類型爲主。

約略地說，修道者之體道與詮釋者之解讀文本，其本質聯繫表現在兩方面：第一，一般所謂的「文本」，是指由讀者參與詮釋的文學作品或其他藝術類型的作品。「道」從某方面來說，也可被視爲一「文本」，接受存有者的詮釋，所以，體道原理也就是一種詮釋原則，能了解體道原理，對於文本的詮釋原則自能有所啓發；第二，「文本」是人對存在經驗之體悟所「表意」的名相（簡言之，「文本」是體道者之所表意），如果視道爲「第一文本」，則文學作品就是「第二文本」，一旦詮釋者接受「第二文本」時，能否較完整地領悟文本中、文本外的意義，自然亦涉及詮釋者的體道經驗，文藝批評者在從事詮釋工作時，並不能脫離他在世界中的存在觀，二者相互聯繫。根本地說，以哲學的角度來看，「文本」乃是以「道」的展現方式爲自己的展現方式，或者說，「文本」是以展現「道」的方式來展現自己，〔註 1〕因而詮釋文本自然

〔註 1〕杜夫海納認爲，藝術家「是人與世界關係的負載者，這不僅因爲藝術家表現了人與世界的關係，還因爲藝術家本人就生活在這種關係之中。」見 R・馬格廖拉著，周寧譯《現象學與文學》，頁 243，瀋陽：春風文藝出版社，1988 年。

關涉於體道經驗。上述兩點也可以印證道、藝爲不二。至於莊子所說體道原理及詮釋原則之實質內容爲何，本章將分三節以爲討論，所據之原文，最重要有兩段言論：

1. 〈天道〉：「世之所貴者書也，書不過語，語有貴也。語之所貴者，意也，意有所隨。意之所隨者，不可言傳也。」

2. 〈外物〉：「筌者所以在魚，得魚而忘筌；蹄者所以在兔，得兔而忘蹄；言者所以在意，得意而忘言。」

第一節　「語之所貴者意也」：文本意義的獲取

當代文學理論中，以「意義」爲討論核心，其中又以「如何獲取意義」最受到關切。簡要地說，主要可分爲兩種對立的看法：第一種是認爲，意義產生於文本自足而封閉的「形式」之中，這個看法又可約分爲二：1. 文本意義的獲取，是要掌握作品「可見的」一切形式。例如，俄國形式主義注意文學是否運用陌生化的語言創造出陌生化效果；新批評則徹底地斬斷文本的一切「外在」因素，而只保存客觀永久性的作品本身，只關注作品形式如肌質、語境、語象、隱喻、張力等。2. 是要發掘作品抽象「不可見的」邏輯形式，如結構主義悉心於發掘文本的深層結構，亦即作品的內在邏輯、抽象模式、理性規範。我們可以總稱這第一種看法是「形式主義」。第二種是認爲，意義生成於主體解讀開放性文本的體驗中，不論是將重點置於作者或是讀者上，意義是要被感知而不是分析的。例如現象學美學、解釋學美學、接受美學等，在基本上都是抱持這種看法。我們可以稱這第二種看法爲「體驗美學」。這兩大陣營的看法所以爲對立，其根本原因是在於對文學「語言」與「意義」的關係的見解不同。俄國形式主義、新批評乃至結構主義都強調語言的第一性地位，認爲意義不是語言所「表現」，而是語言所「創造」，是語言的效果，作品擁有意義，僅僅是由於它擁有語言。但「體驗美學」者卻認爲，意義先於語言、形式；語言只是顯現意義。文本的風格、語義的「總體」把握，依賴於主體之判斷、體驗、感悟。〔註2〕我們認爲，對於文本「意義」所持的基本觀點，莊子是較接近於「體驗美學」一派的看法，因爲，不論「道文本」或是「文學文本」，其意義的終極獲取端賴於解釋主體「默會致知」的感悟力。

〔註2〕所述概況參考王一川《意義的瞬間生成》一書，濟南：山東文藝出版社，1988年。

因此，以下我們將部分地借用「體驗美學」基本的意義觀，來清楚地分析莊子的意義觀。

1. 世之所貴者書也，書不過語，語有貴也。

「書」就是作者創造出來的「文學作品」，它是一個物理事實中的物質客體，卻又超越於其物理性的存在。文學作品形成時，包括幾個層次，字音結構是文學作品的第一個層次，爲文學作品賴以存在的「基礎層次」。文本誕生時便具有固定的字音結構，包括字詞所固有的聲音以及字詞組成的句子的韻律、節奏、語調等等。這個字音的物質結構客觀地存在，永遠不變。正因爲這個客觀存在體，才使文學作品獲得客觀的地位，並且，無論觀眾如何具體化，使一部文學作品表現有所不同，吾人仍能確知其爲同一部文學作品。由這點來看，文學作品是一個特殊的存在體，就其客觀性及外觀而言，它類於實在中的其他物質客體；就其不變性和同一性而言，它又不同於其它物質客體。因爲，物理性的實在客體不會永久不變，並且更爲重要的是，文學作品還具有它的「意義層次」，使文學作品（書）成爲有價值的存在物。

文學作品的第二層次是在字音的基礎上所產生的意義層次；此爲文學作品的「基本層次」。意義層次植根於字音層次之中，以字音作爲載體來實現自身，這個意義也就是字音一般性的指涉義，以及一系列意義單元所組成作品較爲穩定的表面義，這個意義產生的來源，當然不是字音自發的作用，而是通過讀者的意識對字音的組合而來。文學作品的第三個層次是附著在指涉義之上，具有象徵意味的「表現意義」的層次。這個意義層次較爲不穩定，在特定的語境中，往往具有不同的變化和作用。不過，「表現意義」雖然呈現不穩定的狀態，但大致上應該有一個「圖式化的觀相」。這個圖式乃是作者意向性趨勢在作品中的體現，是作者獨特的「印記」。這個印記內在於作品中。並且，這個圖式只是一幅構架，一張草圖，其自身尚未豐足，所以還留有「空白」、「未定點」，尚待讀者之感悟來加以具體補充。最後，文學作品還有一個超越於前三者或在文外的層次，就是具有「形而上性質」，〔註 3〕這是作品所顯出無以名之的某種氣氛、意境，「它籠罩著作品中的人、物、事件，以它的

〔註 3〕「形而上」一詞，在中國哲學中的意義，本是指超越一切現象之上，爲現象存在之普遍的原理。並且，此原理乃是具體地內蘊於個體之存在物之中。有關「形上」二字之意義在中國哲學的意涵，可參考韋政通著《中國哲學辭典》，台北：大林出版社，1982 年。因此，本論文在此處所指文本之「形而上性質」，乃意味：每一文本皆具有其終極的存在意義，皆具有其分殊之理。

光輝穿透和照亮一切」。〔註 4〕無疑地，這種氣氛攸關文本整全意義的獲取與否，所以杜夫海納說：

> 「把一個客觀化的思想的機理拆開，這是一項主要工作」，也就是結構主義的事業。但我覺得，這項事業，只有在一種已經被知覺到或者至少被預感到的意義的氣氛中，才能進行。（杜夫海納著，孫非、陳榮生譯，《美學與哲學》第二部分 3、「文學批評：結構與意義」，頁 147，北京：中國社會科學出版社，1985 年）

由以上可知，一部文學作品是由字音層、指涉意義層、表現意義層以及凌駕於前三者的形而上性質所構成。第一層次屬於物質性，其他三層次又使之超越物質性。顯然地，莊子所謂「書不過語」之「語」，當是指文學作品的第一及第二層次。因爲語音至少具備其基本的約定俗成的指涉意義，語音一旦出現即含有語義；所以，「語」當可指語音及語義二者。然而，文學作品中的語言乃是具有象徵性質的藝術語言，象徵（或隱喻）是藝術語言之有機整體中不可或缺的要素。如果沒有象徵，則藝術語言便要喪失其生命，而僵化爲一約定俗成的符號系統。語之所貴處便在於象徵語言所表現的意義，而讀者的解釋任務，其目的就在於辨認那些超越在語言表面意義之外的象徵意義。

2. 語之所貴者，意也。（言者所以在意）

以藝術語言爲媒介而形成的文學作品，其價值在於它具有表現意義。這個表現意義使作品成爲有「意向性」的存在體，而此意向則是由作者所予以投射。然而，作者的「意向」如何發生？文本中表現義所展現出來的圖式，乃是作者置身於存在中對於眞理的體驗、領悟，亦即體道經驗的描繪。依莊子之意，就是將修養主體之心靈所朗現的藝術境界描繪出來。換言之，作者解悟道之「第一文本」，並加以表意而創造出「第二文本」。因此，「文本意義」便有雙重所指：道文本及文學文本的意義，並且前者即隱含於後者之中（或謂於文意之外），讀者解讀文學作品時，實際上接受了兩重意義。不過，這兩重意義乃是一體之兩面，文學作品的意義即是道之意義。讀者在發掘文學作品的意義的同時，其實就是在發掘道對於人的意義，這也就是藝術與道不可分之處。杜夫海納就說：

〔註 4〕關於文本的這四個層次，部分參考波蘭美學家羅曼・英伽登（Roman Ingarden 1893～1970）《文學的藝術作品》第二部分「文學作品的結構」。筆者未見此書，其分法轉見 R・馬格廖拉著，周寧譯，《現象學與文學》中介紹英伽登之文學理論的部分。

作品來到世界上是爲了對我們談論世界。作品爲說出某些東西而說話。（杜夫海納著，《美學與哲學》，頁 148，北京：中國社會科學出版社，1985 年）

又說：

只有依靠世界，在世界中找得意義的源泉，才是有意義的。（同前，頁 149）

意義產生在人與世界相遇的時刻，因爲世界只有在人的目光或人的實踐的自然之光中才得到闡明。（同前，頁 150）

「人與世界相遇的時刻」就是人之體道的瞬間，意義產生於體道的瞬間，而作品就是要對「讀者」說出這個體道而得的意義；作品的意義也就在此時產生。從此也可以得知，作品「說出」某些意義，必須讀者「聽到」。否則，意義就只是一個潛在的存在體。

總之，作品具現作者體道的意向，而詮釋者接受作品中作者的意向並加以詮釋，其所獲取的文本意義有兩方面：一者爲對於文學作品所表現的內涵意義的領悟；一者爲對於道之意義的領悟。而道之意義可謂是文學作品之意義的形上本體，爲文學作品的超越層次，也就是作品意義之所依從者，故成玄英疏云：「隨，從也。意之所出，從道而來」。

〈秋水〉云：

可以言論者，物之粗也（1）；可以意致者，物之精也（2）；言之所不能論，意之所不能察致者，不期精粗焉（3）。

（1）部分可以是就文學作品的第一、第二層次而言。言論爲能指，而所指則是其指涉意義，乃爲一約定俗成、相對穩定的符號系統，故較清楚、明確；（2）部分可以是就文學作品的第三層次而言，表現意義所展示的概括圖式，是修道者體道可感悟的經驗；（3）部分則可以是就文學作品的第四層次而言，乃爲「意之所隨者，不可言傳也」，只能致知於默會之中。最後，值得注意的是，「語有貴也。語之所貴者，意也」暗示了在漸進的修道過程中，莊子肯定語言對於得道自有其階段性的價值，故要「得意」。其實，莊子否定的並不是語言本身，而是語言使用者出之以成心，造成語言的使用及理解的不當；若出之以眞心，則所言、所見無不是眞言。因此，就詮釋而言，更重要的是能否有較正確的原則、態度。

第二節　「得意而忘言」：文本意義獲取的開放性

上一節我們論及有關獲取文本意義的問題，有此問題則必然引發下一個問題，即獲取時有沒有絕對的文本意義？這是發生在詮釋活動中最基本也是最重要的問題，關係著詮釋者基本的詮釋態度。關於這個問題，莊子「得意忘言」之說在語言與意義的關係提供了原則性的回答。在本節我們將分四個重點來論述：1、道未始有封：語言意義的本體論依據；2、言未始有常：語言意義的自我解構；3、得意忘言：語言意義的開放性；4、忘言之「忘」的意涵：「虛」的詮釋態度。分別討論於下。

（一）道未始有封

任何的創作及詮釋活動皆不能脫離主體所持總體的「意義觀」（包括世界觀、眞理觀、語言觀等）。〔註 5〕就創作而言，表意方式與其所欲表現者（言與道）有一定的內在聯繫。因此，莊子以「寓言、重言、卮言、詭辭」等表意方式，以及「謬悠之說、荒唐之言、無端崖之辭」（〈天下〉）之「遊戲式」的風格來展現其思想，乃至他對整個言說系統意義成立基礎的觀察，實際上皆有其本體論（道）之意義及依據。

莊子認爲，透過「心齋、坐忘」的虛靜工夫，修道主體心中所朗現的道之精神境界，是一個主客交融爲一的境界，在這個主客合一的境界中，宇宙間的萬事萬物都是一種可以互相轉化的變的動態存在，亦即是一種「不知周之夢爲胡蝶」抑或是「胡蝶之夢爲周」的「物化」之變。人爲的主客之分乃爲虛假所致，一旦達到物既是客亦是主，我既是主亦是客、物我合一的狀態，物我彼此便能自由換位。在此當下，「魚樂即是我樂」，「我樂即是魚樂」。由此可知，莊子之「知」魚樂，乃是成立於「一樂則一切樂」（顏崑陽〈從莊子「魚樂」論道家「物我合一」的藝術境界及其所關涉諸問題〉，收於《中國美學論集》，頁 127，台北：南天書局有限公司，1987 年）的藝術心靈境界中。再進一步討論，在莊子的思想裡，「道」乃是「天鈞」，而「天鈞」即是「齊物」。所謂「齊」，「不是『同樣一致』，廢除各自個體的獨特性質，反而是描寫諸多種物體，各有不同特色，互集成群」（吳光明《莊子》，頁 181，台北：東大圖書公司，1988 年）。正因爲「差異」，所以成其爲「齊一」：萬有皆有其

〔註 5〕創作之例可參考葉維廉《比較詩學》中〈語法與表現〉一文，有具體而仔細的討論。

獨特之生命。〔註6〕既然，在「天鈞」的觀照下，萬物皆爲齊一，那麼，在萬物與我合一的境界中，彼此就能「相通相生」，何須一定爲「胡蝶」，一定爲「魚」？爲A，爲B，爲C……爲一切物皆可，因此，錢新祖認爲：

> 莊子的「道」跟個體萬物之間，以及萬物的個體之間，都是相依相通相生相滅的。就這個意義而言，莊子的宇宙本體在存在上原就是自我否定自我磨滅的。〔註7〕

既然莊子所體悟的道體是如〈齊物論〉中，由莊周而胡蝶，由胡蝶而莊周的「物化」境界；那麼，這個道便顯示「未始有『封』（限定）」的性質，吾人因而可以說，「道」是一個永遠開放的非系統化的境界。

前面說過，表意方式與其所表現者有必然性之聯繫，就文學創作而言，爲了要表現道體豐富未封的物化意境，就必須使用象徵語詞，進而構造意象（象徵圖式）的藝術策略，以致文本沒有固定不變的絕對意義，因爲「道未始有封」致使「言未始有常」。

（二）言未始有常

「道」自身是一個不斷自我解構，充滿無限可能性的物化境界。因此，從另一角度來看，體道也就是一種「多義性」（兩行）的體驗。作品的內容爲了表現如是的多義性體驗，就必須採取多義性的語言策略，因爲，藝術語言不同於邏輯語言。邏輯語言由抽象概念形成，所提出的意義是一種確定但又完全空洞的意義；而藝術語言由具體的意象構成，所提出的則是一種充實但是非確定的意義，因而致使文本整體的意義系統隱藏了多種解釋的可能，並且意義與意義之間乃是相衍相生相滅的遊牧行爲。莊子「藉外論之」的「寓言」是一種類比的象徵語言，蘊含有豐富、盈餘的意義；「重言」則是對於傳統意義加以創造性地詮釋，顯示反對意義的絕對權威性；「卮言」則隨機而發以顯意義，又隨說隨掃以解構意義；乃至矛盾弔詭的「詭辭」，則又展現意義自相磨滅的不穩定性。這些表意方式一再揭示不可能有固定而充整的界說形成，意義乃具開放性，而此開放性正是道之自我開放於世的具體呈

〔註6〕〈秋水〉云：「以差觀之，因其所大而大之，則萬物莫不大。因其所小而小之，則萬物莫不小。知天地之爲梯米也，知毫末之爲丘山也，則差數覩矣。」

〔註7〕見錢新祖〈佛道的語言觀與矛盾語〉，刊於《當代》第十一期。不過，他似乎將莊子之道理解爲客觀而超越之宇宙本體，與我們之以道爲主體之精神境界的立場有所不同。

現，這就是爲什麼高宣揚說：

> 歸根結底，在解釋學家看來，語言不僅是眞理的表態途徑和陳述形式，而且也隱含著一切與眞理相關聯的人類經驗的密碼。（高宣揚《李克爾的解釋學》33、〈解釋學的語義學領域〉，頁 158，台北：遠流出版公司，1990 年）

這裡所謂語言「隱含著一切與眞理相關聯的人類經驗的密碼」，即是意味在語言運作的邏輯中，得以發現與道同樣的運作邏輯。因爲在某一個層次上，語言便是以道的方式來展現自己，至於能否如此，便有賴於運用語言之主體，是否能以眞心出以眞言了。由意義的解構性質來看，吾人亦能因此明白，何以在諷刺別人之後，莊子又往往將自己從說話者之主體中心地位抽離出來而反回來嘲弄自己，如〈齊物論〉：「予謂女夢，亦夢也」、「今且有言於此，不知其與是類乎，其與是不類乎，類與不類，相與爲類，則與彼無以異矣」。以下我們試著再進一步說明意義的這種解構特性。

〈齊物論〉云：

> 物无非彼，物无非是。自彼則不見，自知則知之。故曰彼出於是，是亦因彼。彼是方生之說也，雖然，方生方死，方死方生；方可方不可，方不可方可；因是因非，因非因是。

在言說的領域中，莊子認爲「說」的意義的成立，一定是彼此相生相滅，就如道之物化境界。「此」意義所以可能成立，乃因有相對之「彼」意義存在，「是」意義得以成立，乃因「非」意義處於暗處支持。（彼此相生、是非相生）換一個角度以觀之，當「此」意義、「是」意義出現時（方生），它們同時也爲「彼」意義、「非」意義所否定（方死）（彼此相滅、是非相滅），反之，亦復如是。這也就是語言「指明——隱藏」的特質，關於此，高宣揚說：

> 語言的神奇性正是在於：語言是利用象徵的特性玩弄「指明——隱藏」的雙重方向的運動的魔術——語言在「指明」時就包含了一種新的「隱藏」，而在「隱藏」時又包含了再次指明的可能性。這種「指明——隱藏」的遊戲，最生動地體現了語言作爲中介，作爲文化儲存所，作爲經驗的凝縮符號的優點。（高宣揚前揭書，頁 158）

語言之「指明——隱藏」特質就是「道」的「凝縮符號」。「道」之境界便是朗現於「開顯」（有）——「遮蔽」（無）的辯證消融中。雅克・德希達（Jacques Derrida）的「延異」說，也傳達了類似觀念。「延異」（Differance）同時表示

「差異」與「順延」兩個意義，德希達解釋道：

> 一方面它（延異）指出差異——區別、不平等、可辨性，另一方面它表達了延遲之介置、一個時間與空間上的中斷、目前所否定所認為不可能的延至「以後」而使之成為可能。（轉引自奚密〈解結構之道：德希達與莊子比較研究〉，刊於《中外文學》十一卷第六期）

從這段引文可以得知，「延異」為一自相矛盾之辭，既表示「不同」，又表示「同」。其意味，一個言說意義不可能絕對、不改地存立，可能同時，抑或「以後」為其他意義所推翻。所以，沒有一種對文本詮釋所得的意義是封閉不可異議而可以成為定說，每一次詮釋所獲的意義都是暫時地設定可行的。〈齊物論〉之云「言者有言，其所言者特未定也」，或可從此角度以理解。〈逍遙遊〉中以一連串的隱喻去掃除現存的名義，展開自我解構，文字上由鯤而鵬，到野馬、塵埃……，一個指義發生，卻為另一個指義所轉變，廖炳惠認為：

> 這種小大的變形，由名義之指向另一些名義，由直言轉為假借，由意義的建立到意義的抹除，在在都暗示出文字現存的不穩定性，而且又瓦解了文字所似乎到達或導出的「自足」。（廖炳惠《解構批評論集》，頁 70，台北：東大圖書公司，1985 年）

其實，也正因為文字為了要到達「自足」的企圖；這種達義的理想，造成意義的連鎖追逐遊戲，因而開啓了文本創作、閱讀廣闊的空間，而不是以一套結構或系統去加以限定。

（三）得意忘言

語言雖然以道的方式來表現自己，卻無論如何也不可能窮盡道。因為道乃是「自主地」在自我解構中作用地保存其自身，而言說畢竟非道，只能作為指道工具的有限者。其根本的限定就在於，一有言的同時，則即與道分而為二，〈齊物論〉即宣稱：

> 天地與我並生，萬物與我為一。既已為一矣，且得有言乎？既已謂之一矣，且得无言乎？一與言為二，二與一為三。自此以往，巧歷不能得，而況其凡乎！故自无適有以至於三，而況自有適有乎！无適焉因是已。

文中「為一」與「謂之一」處於對待關係之中，「為一」是「無言之化境」，而「謂之一」則是處於「有言之境」，言與一分而為二，若繼續以對待之思考進行解析，則必陷入無窮後退的因果系列關係之中。只有「言無言」、「無言之言」才能消解言與道的對峙關係。〔註 8〕可見，莊子一方面肯定語言能傳達某些意義，而另一方面卻又不信賴語言果能傳達固定不變的意義，以故吾人不應過度信任語言，一旦用言之後便應「忘言」。至於讀者在詮釋文本時，也不應認爲文本具有「一義性」，這「一義」從作者到作品可以順理成章，從作品到讀者仍然傳送著同樣的意義。事實上，已不存有「太陽式」的意義，只有「星星式」的意義。〔註 9〕德希達也是要打破這種神話，所以他自己典型的閱讀習慣是，抓住作品某個無關宏旨的一個注解、一個反覆出現的次要術語或形象、一個隨便寫出的隱喻，精心地加以琢磨，以致它大有可能瓦解那些貌似文本的穩定意義。〔註 10〕因爲，讀者一開顯一個意義，同時便有其它的隱藏意義被遮蔽著，這些都成爲文本中的「空白」、「未定點」。它們使文本尙有多種解釋的可能，使讀者與作品可以產生開放性的「對話」。每一次的「得意」都是暫時成立的，必須透過「忘言」再進行閱讀行爲，而非形成一種主觀的已成已定之見，由「得意」→「忘言」→「得意」→「忘言」……的循環活動，才有可能獲得逼近全面的「意」。

（四）「忘言」之「忘」的意涵

雖說「得魚而忘筌」、「得兔而忘蹄」、以至「得意而忘言」，然而我們要進一步問：得魚固可忘筌，得兔固可忘蹄，而得意固可忘言嗎？語言果眞能如工具一般，任人自如地拾之棄之？

由現代語言哲學的研究成果得知，從思想體系脫胎而出的語言體系，其實本身就是思想體系的一部分，因爲語言體系中的語法結構與語意結構就是思想內涵的一部分。因此「語言」對於思想來說，並不只是一種工具；語言

〔註 8〕牟宗三解釋這段文意說：「『爲一』是無言之化境，此名曰『無』，此無是一，即以『一』代表無。『既已謂之一』便是處于有言之境。有言之『言』與此有言中之一是『二』，此二即是名言之『言』與其所觀名之客對象之『一』之兩者，故曰『一與言爲二』。此二再與原初無言中之一合而爲『三』，故曰『二與一爲三』。此之謂『自無適有以至于三』。」參牟宗三《圓善論》，頁 283、284，台北：學生書局，1985 年。

〔註 9〕德希達認爲，「世界上的一切的運行，都不再是太陽式的，而是星星式的」。至於什麼是「星星式」的運行？這個觀點將事物的「區別性」或「差異性」看作是哲學家解釋世界的立足點，而此「區別性」則是一種同傳統哲學所堅持的「一義性」相對立的「歧義性」。參高宣揚《解釋學簡論》導論部分，台北：遠流出版公司，1989 年。

〔註10〕詳細意見，可參考伊格頓（Terry Eagleton）所著之《當代文學理論》，台北：南方叢書出版社，1983 年。

本身就是一種思想的形式（錢新祖〈佛道的語言觀與矛盾語〉）。所以，莊子將「言」類比於「筌」、「蹄」，並不意味他一定把語言視爲同「筌」、「蹄」一樣，只是純粹的物質工具，畢竟，語言雖以物質性爲基礎層次，但它又是超越於物質層。既然，「語言本身就是一種思想的形式」，那麼，莊子說要「忘言」，他的根本之意就是要在「思想」上下工夫，培養一種非主觀、執著的觀物態度，才能因有活潑的思想，而在語言的世界中逍遙而遊，才有可能超越語言之上以觀語言，其至創造語言。莊子爲吾人所示範演出的表意方式，就是自由地在語言中遊戲卻不被語言所困。「忘」，在莊子的思想中等同於「虛」的態度；「虛」則「明」；「以明」則能「兩行」而不落入相對主義的境地。並且，透過這樣自我的虛位而能自由地轉移，也使莊子之解構意義不盡同於西方之解構主義。後者乃是意義的懷疑主義，而莊子仍相信存在著一種超越意義，即「天地一指，萬物一馬」。這個「一」，亦即「道通爲一」、「惟達者知通爲一」的「一」，超越相對、無分無封，故能同時照明「指」與相對的「非指」。〔註 11〕總之，因有「虛而待物」的胸懷，詮釋者才不會執黏於語言，才不致以主觀之認識架構去框架、減縮、歪曲文本可能的意涵。並且，僅管理解及詮釋都無可避免地有「成見」；然而，詮釋者亦能常常提醒自己要隨時檢視、修正一己之識見。更有甚者，所謂文本意義的「開放性」，絕非任意、毫無客觀限制的開放。因爲，「虛」的詮釋態度，會使讀者將詮釋之前，先「無私地」觀看文本，理解文本之整體（可參看第四章所述審美態度），故詮釋工作因作品而仍有其相對客觀的條件限制。

然而，文本終極而整全的意義，並非等同於每一次之得意的總和。而是大於其總和，那麼，多出總和之處爲何？這個多出得意總和的意義，便是蘊含於讀者對於文本意義整體的「默會致知」中。

第三節　「意之所隨者，不可以言傳也」：文本意義的默會致知

文本需要默會其意義，乃是基於它所依據的「道之形上文本」是一個無言之境。因此，「沉默」可以有哲學及美學意涵。

〔註 11〕「一」，也不會使莊子落入獨斷主義，因爲此「一」爲「一而不一、不一而一」，在「吾喪我」之去成心的境界中齊觀萬物。

大體而言，人之理性可分爲四個層次：科學理趣、分析理趣、詮釋理趣及默觀理趣。居於最高層次的「默觀理趣」，其終極關懷乃是全體存在，其所表現之理性則是以原始而整全的姿態去「促動最深沉的存有之律動」，〔註 12〕莊子哲思所關懷的也就是這個層面。並且，在傳道過程中，爲相應於整體存有之境界，莊子有一種極高妙的言說方式打破語言的限制，亦即「言無言」之「默」。唯獨「默」的言說方式，才不致割裂、支離一體之渾然。唐力權認爲，對於東方思想家而言，「沉默」有其積極意涵，他們並不視「沉默」爲只是言說之缺如，而是以「沉默」爲言說之超越。他說：

> 由於在東方思想中，眞理之所在，並非哲學家的言說或表達，而主要卻是他實踐沉默的方式；因此所謂眞理——不論是儒家聖人的至誠、道家眞人的純任自然、或禪師的頓悟——並不是稱述或命題的性質，而是統合於沉默中的實存事態之實在性。……在東方哲學中，一個哲學家所不得不說出以及已說出的話，其重要性與意義，必須根據他的沉默（他的言說之超越）來判定。〔註 13〕

這段話之意是，言說行動本身即預設了一個可以讓它自己得以發生的基礎——被說出的世界事態，而這個做爲前提的事態，就是一種沉默的事態。換言之，言說因沉默的事態而生。既然，「沉默」是言說之所從出，則「沉默」便不是言說之否定面或對立面——不說或沒說，而是言說的超越，其所說更多。因此，簡政珍說：

> 也許沉默是存有（being）或意識質疑語言的方式。麥盧龐帝（Merleau-Ponty）以爲，沉默不是阻礙語言，而是開展語言的潛力。

〔註 12〕此理性之四層次乃依據沈清松〈理性的四個層次〉一文之分法。他解釋這四者，「它們彼此相關，逐層穿透，形成理性的全體大用。其最基礎者，爲科學理趣，再其上則爲分析理趣，再上之則爲詮釋理趣，而以默觀理趣蓋其頂。在其中，科學理趣、分析理趣、詮釋理趣皆含有認知和行動面，至於默觀理趣則含知行、兼主客，不再有知行之分，且爲任何區分的圓融之基。」此文收於《哲學與文化》第十六卷第十期。

〔註 13〕見唐力權著，賴顯邦譯〈哲學沉默的意義：有關中國思想中語言使用的一些看法〉一文，刊於《哲學與文化》第十四卷第七期。唐力權認爲，「什麼是沉默？」這個問題在西方傳統中未曾被人視爲一個嚴肅的哲學問題，直至維根斯坦、海德格等哲學家，才標舉出沉默不可或缺的重要性。他指出西方哲學家所以未能領悟沉默的積極涵義之原因，「與他們未能掌握無或空無的眞實涵義有密切的關聯。對他們來說，沉默只是言說之缺如而已，正如空無只是存有物的否定一般。」

> 只要沉默，語言的意義就無止境，存有以質疑反應這個語言的世界，任何由質疑再進一步的探索，都在尋求解答的可能性，語言因此趨於完滿。（簡政珍《語言與文學空間》，頁 54，台北：漢光文化事業有限公司，1989 年）

至此，「沉默」當是雙重事態：既是實在界的事態又是語言事態，唯有「默」的語言事態才能表達「默」的實在事態。了解「沉默」上述的積極意義之後，吾人當能理解莊子爲何在回答存有問題的重要當下，常是付諸沉默。最顯著之例即是〈知北遊〉中，「知」問道於「无爲謂」，三問三不答（「非不答，不知答也」），黃帝告於「知」：「彼无爲謂眞是也」、「知者不言，言者不知」。另外，〈齊物論〉「既已爲一矣，且得有言乎」、「大道不稱，大辯不言」、「孰知不言之辯，不道之道」；〈寓言〉所謂「不言則齊」；〈在宥〉雲將之曰「天將朕以德，示朕以默」、「大人之教……處乎无響」、「覩无者，天地之友」；〈天運〉「天機不張，五官皆備，无言而心悅，此之謂天樂」；〈天地〉便深刻地記道：

> 黃帝遊乎赤水之北，登乎崑崙之丘而南望，還歸遺其玄珠。使知索之而不得，使離朱索之而不得，使喫詬索之而不得也。乃使象罔，象罔得之。

以感官經驗（離朱）求道不得，以語言文字（喫詬）亦求道不得，只有通過有象而無象、無象而有象的「象罔」，才能求得窈冥昏默的至道（玄珠）。「默」也就是「象罔」，不說而說、說而不說，故爲回應至道之「眞言」。

既知「道」爲所沉默者，那麼，該「如何」來具體地實踐沉默？或者是以什麼方式來實踐沉默？無疑地，「藝術」是一個重要的方式，因爲它的特質就在於以「默會致知」的直覺力來保有存在之全體。創作主體透過「默會致知」的直覺力表現本體意義的「默」（詳見第四章第二節），而接受主體則要能以作者的視境爲基礎，領悟所得仍然是一具體而整全的存在感受，故同樣必須具備「默會致知」的綜合統攝能力。因爲，一方面，創作者無法透過一一的細部解釋，分析自己的作品，而將作品的「內在意義」全然傳予讀者（作品之意不等同於作者之意），所以博蘭尼說：

> 任何明示的機械性程序都無法代替這種整合活動（即默會致知）。最重要的是，即使能把一項整合的認知內容意譯出來，也無法傳達該內容的感覺質地。你只能躬親這質地，只能內斂於這質地之中。（《意義》第二章「個人知識」，頁 46，台北：聯經出版事業公司，1986 年）

另一方面，當接受者閱讀一件文本時，如果他的焦點全神貫注於此文本細部的構成部分（此細部的構成部分原本是作爲輔助線索而指歸文本之意義），如一首詩則分析它的象徵或比喻，或格律、押韻、音質，甚至文法，以及詩的其他一切微妙形式，而最後不能歸之於一種總體的想像之感受；那麼只能分而不能合，不能合則文本的終極意義，便不能爲接受者所領悟。此處並非意味文本之詮釋不能採取分析的態度，只是更重視讀者積極能動的想像力以及想像中所作的總體感悟；因爲採取分析態度——把注意力從注意的焦點轉到指歸這個焦點的支援線索上，整個意義整合就被破壞了。所以，博蘭尼又說道：

> 讀詩，我們知覺其節奏、韻腳、音質、文法構造以及所用字眼的獨特含意，這知覺是輔助性的。這些成分可以拿來一一個別檢驗，不過，這樣作難免模糊了、甚至抹煞了詩作的意義。把焦點注意從詩作的構成部分轉回詩作，我們對詩作會有更深入的了解；由另一方面看，此詩的新鮮度可能喪失幾分，無可挽回了。無論如何，如果要看到此詩的意義，我們必須把我們對構成部分的焦點意識重新變成支援意識才行。（前揭書第四章「從知覺到比喻」，頁 98）

從而吾人當能明白莊子所說「無聽之以耳、無聽之以心」而「聽之以氣」的道理所在。因爲身與心，都只是停留在感官知覺所觀照對象表面形式的層次，至多不過是把事物的相狀一一查知，並沒有進入事物之中，即未能「內斂於事物之中」而發生總體判斷；至於氣則不同，因其「虛而待物」，故能入於物。此理亦能說明何以北門成聽咸池之樂，最終能「聞之而感，蕩蕩默默，乃不自得」的緣故，成玄英於此疏云：

> 第三聞之，體悟玄理，故蕩蕩而無偏，默默而無知，芒然坐忘，物我俱喪，乃不自得。

北門成第三度聽聞音樂，能整體感悟之，即以「默會致知」內斂於對象中，所以得音樂之整全意義而「無偏」，卻又不知其所以然。以是得曉，主體之感悟力對於詮釋活動之重要地位。後世創作者總好言「修養論」，而批評者總好作「印象式批評」。就「學」的角度來看，其缺失固是不重視分析；然而，其特殊價值亦或正在於這樣的特色：具有融貫的、綜合的直覺判斷力，而這也或許正是今人正逐漸喪失的一種重要的能力。

本章我們論述了《莊子》中，體道觀與詮釋觀之間的本質關聯，這個強調主體之自覺工夫的詮釋體系，爲中國文藝詮釋理念傳統的發源之一，與代表儒家鑒賞論的「知音」說，成爲中國詩學中兩大詮釋論系。「從唐司空圖的『韻外之致』到宋代嚴滄浪的『言有盡而意無窮』，然後清代王士禎的神韻說和袁子才《隨園詩話》的弦外之音，都是一脈相承的一套詮釋觀。但眾所週知，在這套詮釋觀背後，道家的言意說一直被認爲是其哲學基柱。」（王建元〈《莊子》中的詮釋觀〉，刊於《當代》第七十一期）從此得知《莊子》詮釋原則之重要性，而此原則則是建基於其體道原理之上。

第六章　莊子藝術哲學在藝術創作中可能的體現

直至目前爲止，本論文之討論皆在說明莊子藝術哲學之種種內涵。至於以如此之理念所創作出來的具體藝術成品，可能展示何種樣式？當然有無限可能，中國山水畫是其中之一。徐復觀《中國藝術精神》中極爲強調，山水畫的出現乃是莊學在藝術上的落實。所以致此，則是道的精神具象化爲山水畫中之神韻，道之「自然」義，表現爲山水畫中之「自然」。至於山水畫中之「自然」如何體現道之「自然」，則關乎畫中視覺模式所呈現的觀看之道，亦即形式中所蘊含的思維性格。

郭繼生《藝術史與藝術批評》一書中，曾描繪了中國繪畫史上，由宋代強烈的「寫實主義」到元代的寫意與率意風格，再到明清的「變形主義」的發展概況。〔註1〕我們在第四章討論過，中國山水畫家的用心都是在於參與造化，表現心目中理想的自然。然而，在具體的藝術繪畫形態上，不同時代卻

〔註 1〕郭繼生指出，唐末五代的荊浩之《筆法記》中所提出的畫法六要「氣、韻、思、景、筆、墨」代表對於繪畫形式與氣韻並重的方向，北宋畫風則是繼承晚唐五代這種重視形式的寫實傾向。南宋則轉爲追求氣氛的塑造，簡潔的構圖。元代繪畫藝術由於是以文人畫爲主流，風格也就由宋代之寫實走向寫意的風格，強調藝術家個性的表現，元代這種風格使畫家較不關注題材的描繪，而在於借「風格」表現畫家自己，此種傾向至明清更爲強烈。「也可以說，同樣是寫意的風格，元代畫風還在物象與主觀的率意中維持平衡而不致於過分忽略物象，但到了明代，主觀成分加強。」終於在明末清初發展出一種「變形主義」。以上參郭繼生《藝術史與藝術批評》中〈中國藝術史傳統的特徵與發展的大勢〉一文，頁 76、77，台北：書林出版有限公司，1990 年。

呈現了不同的風格。自宋到明清，山水繪畫所表露的視覺模式雖有發展上的差異，但在這些視覺模式所蘊涵的觀看之道以及畫家的世界觀上，其承繼關係卻有跡可尋。本章的論題即在於，企圖從宋代以降山水繪畫中「遠」與「空白」的藝術現象所隱含的觀看方式以及相關的空間意識，來考察其與先秦莊子之藝術理念之間可能發生的關係。此處所謂的「發生」，並非意指具體的發生事實，而是就二者內在之思惟模式親密的程度而言。在此論題下，我們有四點說明：

1. 每一視覺歷史，都包涵了當時畫家整個世界觀的基礎。
2. 討論對象所以取擇山水畫，乃因爲：
   2-1 這個藝術形態以觀看活動爲其基本的美感觀照，而觀看方式最易見出畫者之存在態度；
   2-2 由於繪畫是以名山大川、廣闊浩瀚的空間景象爲主要素材，畫者必有視野上的擴展，對於有限——無限的存在意義的感悟，當有一定程度的深刻性；〔註 2〕
   2-3 由於與自然保持融洽的關係，觀看山水的活動，最能代表中國人的觀看之道及存在觀。
3. 畫家觀看山水是行動地步步看、面面觀，顯然是一種身體的知覺活動，自然與空間意識有關。而時空觀與形上學密不可分，於是能進入深邃而根源的哲學意涵的發掘。
4. 所謂「可能」的，意指藝術史上的發生事實，不必與莊子思想的發展有必然的關聯，但就莊子之藝術哲學自身的系統來考察，乃爲可能衍生出來如是的視覺形態。

我們希望由此進路上溯莊子之藝術精神，一方面具體印證莊子藝術哲學在作品中可能的實現，另一方面則藉此以彰顯莊子獨特的觀物方式及時空意識。

本章一共有四個論述重點：

（一）「遠」與「空白」的藝術現象：此部分在於指出，宋代以後之山水畫乃是利用「遠」與「空白」的藝術表式，來指向道之無限境界。此外，還

〔註 2〕徐復觀《中國藝術精神》認爲：「所以能在山水中得到精神的解放，是因爲在山水之形中能看出山水之靈。而所謂山水之靈，實際乃是可以使人精神飛揚浩蕩的山水之美。……山水的本身是無記的，無個性的，所以可由人作自由地發現；因而由山水之形所表現出的美，是容易由有限以通向無限之美。」見第四章「魏晉玄學與山水畫之興起」，頁 246，台北：學生書局，1988 年。

交待了二者在山水畫的構圖上，彼此的關係及演變，藉以說明視覺模式的承繼創新。

（二）「遠」與「空白」如何呈示自由無限的精神：這部分乃爲本質地深入此二形式，具體分析其如何展示道的境界，於是引出觀看方式及空間意識形式思惟的論題。

（三）畫境中詩意的思惟模式：「詩意的思惟模式」是一種超越於藝術類型之上，成爲中國藝術中典型而重要的思惟模式，其最具體地表現於王維一派的自然詩中。因此，在此部分，我們除了說明繪畫中「詩意的思惟模式」之歷史發生意義外，還要分析自然詩的思惟模式，來說明其本質意義。

（四）莊子的藝術原理：此部分爲溯源工作，在於指出「遠」與「空白」的觀看方式及空間意識，如何從莊子藝術哲學的內在理路系統中，找到相關的根據，以作爲藝術創作之原理。除此之外，還有二個重點：一爲莊子的時間觀，此與空間意識緊密相關；二爲莊子「離合引生」的負面辯證法（此語源於葉維廉，後文將有討論），此爲莊子根本之思惟方式，在美學及哲學層面上，皆本於此，故不得不作交待。

第一節　「遠」與「空白」的藝術現象

（一）「六遠」的提出及實踐

「遠」是一種中國山水畫對透視的獨特處理方式。「六遠」之說產於宋代，乃是山水畫對透視的運用所提出的具體辦法。「六遠」即高遠、深遠、平遠、闊遠、幽遠和迷遠。前三遠爲郭熙在《林泉高致》中所提出，後三遠則爲韓拙在《山水純全集》中所補充。

郭熙《林泉高致・山水訓》中有如下論說：

> 山有三遠：自山下而仰山顛，謂之高遠；自山前而窺山後謂之深遠；自近山而望遠山，謂之平遠。……高遠之勢突兀，深遠之意重疊，平遠之意沖融而縹縹緲緲。（《畫論叢刊》上卷，頁23，香港：中華書局）

「高遠、深遠、平遠」乃是根據長、寬、高之「三度空間」的原理。（1）高遠法的構圖，視點在水平線之下，所以用高遠法構圖的山水畫，好像自山下仰望山顛，也就是一種仰視（有時被稱爲「蟲視」）透視法，有突兀之感，可以表達山川的雄偉高大。如范寬〈谿山行旅圖〉。(2)深遠法的構圖，視點在水平線之上，所以用深遠法構圖的山水，好像由前景俯瞰後景，有重疊的感覺。自山前而窺山後，有時能見重山複水，有時遇前面一座比視點更高的山，則只能見其近山，而不能見到後面遠山，便達不到「窺山後」的目的。然於中國山水畫家的表現要求上，可用移動視點，即將視點逐步往前移，甚至可以翻過高土再往前移，亦即利用畫面上之透視運用，突破空間之局限。這種表現，與中國山水畫家的步步看、面面觀有一定的關係（容後討論)。例如黃公望〈九峰雪齋圖〉及王蒙〈青卞隱居圖〉等，都是這樣的一種深遠透視的表現。(3)平遠法的構圖，視點在水平線附近，所以用平遠法構圖的山水畫，好像由近景望遠景，有從容的感覺，這種表現爲古今山水畫所常見，如陳汝〈荆溪圖〉及倪雲林〈溪山圖〉等皆是。由以上之分析，可知三遠的視點各有所不同，但在山水畫中卻又往往能加以綜合。以范寬〈谿山行旅圖〉爲例，畫家對主峰的觀察是由下而上作逐步地注意，在達到一定高度後，然後眼光凝注，作最後的俯瞰。作品中，畫家既採取前後距離的移動，又採取上下縱昇的移動，隨時保持描寫對象的近距離特質。他是把各個移動所能見的景象做一思想的融鑄，而歸結在一恆久不變的形中。換言之，畫家經由視點的移動來發現對象的恆常形，在此形之中，融鑄各個視點之所見，並作合理而協調地表現於畫面上。從此，吾人可發現畫家之「看」與一般人之「看」有所不同。一般人看山，無法將繼續的印象加以綜合，其思想與眼光只能集中於一個點上，在同一個時刻中，只能運用一個「能見度」。但范寬卻同時運用了三個「能見度」，把一般人不易綜合的連續印象綜合起來。〔註 3〕由於三遠的綜合運用，使得畫家的目光可以俯仰往還，自由游移，宗白華〈中國詩畫中所表現的空間意識〉一文中便說：

> 中國「三遠」之法，則對於同此一片山景「仰山顚，窺山後，望平遠」，我們的視線是流動的、轉折的。由高轉深，由深轉近，再橫向於平遠，成了一個節奏化的行動。……由這三遠法所構的空間不復是幾何學的科學性透視空間，而是詩意的創造性的藝術空間。趨向著音樂境界，滲透了時間底節奏。（宗白華《美從何處尋》，頁 99，台北：元山書局，1986 年）

〔註 3〕關於范寬〈谿山行旅圖〉視點之分析，參考袁金塔〈中西繪畫空間表現法的比較〉，以及林田壽〈中國山水畫構圖中觀點移動的分析研究〉。前者刊於《藝壇》一六〇、一六一期；後者刊於《新竹師專學報》第十二期。

郭熙之後，韓拙《山水純全集》亦有「三遠」之說，其文謂：

> 愚又論三遠者：有山根邊岸，水波亙望而遠，謂之闊遠。有野霞暝漠，野水隔而彷彿不見者，謂之迷遠。景物至絕而微茫縹緲者，謂之幽遠。（俞崑編著《中國畫論類編》，頁 662，台北：華正書局，1984 年）

（4）闊遠的構圖法，簡單地說，就是近岸有廣水而遙對遠山者，有曠闊之感，故稱「闊遠」，最具典型的就是倪瓚（倪雲林）之一河兩岸布局法。這種布局法在元代廣為流傳。至於（5）迷遠其在畫面上的感覺是暝漠能見又彷彿不見，如山色有無中一般。迷遠表示一定空間深度的變化，其有滅點，但不能清楚見出；有消失的面，亦非能仔細辨認，其遠近惟能憑觀者之感覺去領會。宋．米友仁所畫呈現朦朧的成分，即為此法。所謂「迷」字，「在透視關係上，它能表現遠；在藝術處理上，它能處理『藏』，並有助畫面意境的含蓄」（王伯敏〈中國山水畫的「六遠」〉，刊於《中國畫》，1982 年第二期）。（6）幽遠的特色，就是表現景物茫然縹緲的感覺，傳達實景中若有若無的畫面。

「六遠」之透視法，不僅可以重點選用，而且可以合而用之，即所謂「六遠合一」，在一幅山水畫中，畫家將六遠之透視巧妙地結合一起，如王希孟〈千里江山圖〉、張擇端〈清明上河圖〉、黃公望〈富春山居圖〉以及石濤〈黃山圖卷〉等，皆為六遠合一的成功作品。

（二）「空白」的產生及純粹化

宋室南渡，基於人文、地理環境、氣候等各種不同因素，〔註 4〕山水畫的風格亦同時作極大轉變。從北宋「大山堂堂，主山直立」大氣魄的構圖，一變而為邊角構境，輕舒空靈的趣味，馬一角（馬遠）與夏半邊（夏圭）是這類風格的代表。這種邊角取景方式的運用，在整個中國繪畫史上，至少具有下列二項重要意義：

（一）以簡馭繁，以有限追求無限的韻致，解決了五代荊浩、關仝以迄

〔註 4〕蔣勳《美的沉思》指出，南宋山水畫中的留白可以從幾個角度思考：
1. 政治變革引起的「殘山剩水」意識。
2. 江南水鄉的視覺影響。
3. 徽宗畫院以文學性詩題取士的推波助瀾。
見〈中國藝術中的時間與空間（三）——「無限」與「未完成」〉一文，頁 112，台北：雄獅圖書股份有限公司，1986 年。

北宋，中峰鼎立，層巒疊嶂式佈局法運用到極致，所產生逐漸停滯進展的困境。

（二）由於有形筆、墨的經營集中於邊、角地帶，自然地在畫面上突出了一大片空白。這種有意識的餘白處理，對元明以降側重空靈之風氣產生很大的啓發作用，同時對時空也可以作更眞切的捕捉。

由（一）可以得知，在表達有限追求無限的命題下，南宋山水畫家逐漸有了在表現形式上不同的體認，視覺模式開始有了轉機。由（二）可知，南宋是山水畫留白產生的關鍵。李霖燦〈中國畫的構圖研究〉一文便說：

> 十二世紀時的蕭照、夏圭是半邊畫法虛實各半的代表人物，而十三世紀的馬遠，則是一隅一角構圖法的創始人。（《故宮季刊》第五卷第三期，頁 29）

然而，空白具有純粹性，則是在元代。蔣勳在《美的沉思》中指出：

> 文人畫的正式成立，中國繪畫空白的純粹性，都在元四大家手中完成，正是因爲文人畫所處理的山水已不再是具體的山水，而是一種心境。（頁 112，台北：雄獅圖書股份有限公司，1986 年）

這種主體性的心靈呈現，由山水畫中空白構圖形式廣受重視的發展可以見出。如前所指，南宋是山水畫留白產生的關鍵。在此以前，作爲構圖一部分的留白，總是視覺的，它是水或天或雲的延伸，如米友仁的「雲山」系列作品中留白的部分，仍予人實體之感覺，是一種「實體空白」。文學性明顯增加的南宋繪畫，留白逐漸由實體空間轉爲抽象空間，而至元四大家，則完成抽象空白，宋畫煙霧迷漫的氣氛逐漸在元代淡去。例如倪瓚運用空白之法，不同於宋人使空白代表一片煙霞的風格，而是把空間統一在抽象層界的藝術觀。那些空白使天空、水域的暗示處理減至最低程度，而是一種無表象意義的空隙，因而賦予畫面一種抽象性和迷樣的效果。倪氏減少繪畫元素以及繪畫分量，使一切還原到單純的材質表面，讓材質自我呈現，生紙上所呈現的空白成就了「繪畫語言」的「默」的境界。倪瓚的畫風影響歷四百餘年之久，若明初的王紱，明中葉之沈周、文徵明，以及明末的董其昌，清初的王原祁等名家皆視倪瓚爲典範，評者亦高其「無畫處亦有畫」的妙境。總括地說，元四家共通的藝術特點，是將寫實和形式壓低到次要地位，儘管他們的作品皆以眞山眞水爲依據，而表現於作品中的形象，則與客觀對象已有明顯之差距，呈現主觀意味凝重的作品。

（三）「遠」與「空白」之間的關係

前面提及，「遠」在宋朝被提出及實踐，而南宋又是「空白」產生的關鍵，二者同樣能傳達無限、無窮的時空感。然而，自宋到元以後，二者皆有形式上的演進。在宋代，「遠」的觀看方式之表現，其用意傾向於再現的客觀性質。至元以後，則是爲了寫心寫意。前三遠在元代被山水畫家靈活運用，技法自由而成熟，如王蒙之畫，常展示一種幻象的空間，其中沒有固定的焦點。另外，就移動視點而言，由於主觀之表現增加，視點移動更爲複雜，在宋代僅止於上下的縱昇，與距離調整的觀點移動。至元以後，則變成左右、上下、前、後、高低自由的運用，表現出可以居、可以遊、可以行、可以止的境界，自由視點移動發揮極大的功效，如王蒙〈谿山高逸圖〉，路之來龍去脈，交待得極爲清楚，可以來來去去，出入往返，甚至翻至山外去。至於後三遠，闊遠在元代開始廣爲流行，倪雲林以此爲特色，前面已提及。而迷遠、幽遠所造成山河煙霧迷漫的氣氛，在元代以後，則漸爲純粹空白所取代，而與前三遠及闊遠有綜合性的運用。在宋，畫面的迷遠處，往往是畫面的虛處，但又是實景處，所謂迷遠，或表示遠岸、或表示雲霧、或表示水天一色，仍有視覺性。而至元以後，發展成以空白爲主體，並且在繪畫理論中，虛的地位有所提高。關於空白理論的發揮，曾祖蔭說：

> 明清兩代，是我國古代虛實論全面深入發展的時期。一方面，虛實理論被廣泛地運用到了各種藝術樣式之中，成爲一對具有普遍意義的美學範疇。另一方面，人們對虛實理論的認識也越來越完整，越來越具有系統性。以繪畫理論來說，唐宋時期人們對虛實理論的研究還是處在濫觴時期，明清以後，尤其是到了清代，講虛實的畫論很多，在理論上也有了很大的提高。（曾祖蔭《中國古代美學範疇》，頁 152、153，台北：木鐸出版社，1987 年）

關於虛的地位提高，岑溢成〈從虛實論看中國古代文藝的性格〉說道：

> 就畫幅內容的構成而言，虛的天地與實的景物都是不可缺少的成分。就這方面來說，與書法中所說的虛實是十分類似的，基本上仍是一對描述性的概念，並不是評價性的詞語。而兩者的配合，卻是一幅給觀賞者帶來「取賞於瀟灑，見情於高大」的美感經驗的主要因素；也與書法理論中的虛實相似。可是，在書法理論中，虛實是同列並舉的，虛不比實重要，實也不比虛重要。在繪畫理論中，虛

> 的地位卻似乎比較重要。……出之以虛筆雲煙，是筆致所在，也是畫之精神所在，也就是美感的導因。那麼，作爲美學範疇，虛實就有了評價的意味。不過，價值乃在「虛」，不在於「實」。所以清戴以恆《醉蘇齋畫訣》乃有所謂「論構景避實法」。(《當代》第四十六期)

總之，從宋至元以降，在表達無限概念時，從恍忽迷茫的形象逐漸轉成具有絕對性、根源性意義的空白，來揭示存在眞理的隱蔽性；由外在形狀的描寫刻劃，一步步地移向暗示性豐富的內在表達；由紀錄外在事實的「寫境」思惟模式，轉向選擇暗示內在精神的「造境」思惟模式。

以上是描述「遠」與「空白」的藝術事實，以下我們將進一步內在地分析並解釋這二種現象所隱含的觀點。

第二節　「遠」與「空白」如何呈示無限

(一)「遠」如何展開無限：視野角度游移不定的觀看之道——散點透視

「遠」之形式的運用，是基於畫家獨特的觀看方法。中國山水畫家的觀看方法，最基本的就是「步步看」、「面面觀」。

由於在視覺與對象的整體之間，有一條山水畫家難以藝術表達方式來克服的「鴻溝」，王微〈敘畫〉有言：「目有所極，故所見不周，於是乎一管之筆擬太虛之體」，以及宗炳〈畫山水序〉亦言：「且夫崑崙山之大，瞳子之小，迫目以寸，其形莫睹，迴以數里，則可圍於守眸」。他們都體認到視覺之有限，所以在如何以局限的視覺觀看，掌握整體的審美對象的前提之下，宗炳所說的「迴以數里」便揭示了中國山水畫家慣常用的一個極特別的方法，來解決這個視野與宇宙整體之間的距離。那就是畫者在未將綿延廣遠的山水景象擬於筆下之前，往往親臨山水「身所盤桓，目所綢繆」數日，甚至數月，然後才獲致一個所要擬寫的綜合印象。郭熙在《林泉高致》中曾詳盡地說明這種觀看山形的行動：

> 山近看如此，遠數里看又如此，遠十數里看又如此，每看每異；所謂山形步步移也。山正面如此，側面又如此，背面又如此，每看每異；所謂山形面面觀也。如此，是一山而兼數十百山之形狀。

郭氏所謂「山形步步移、山形面面觀」，亦即是他所說的「飽游飫看，歷歷羅列於胸中」所採取變異的角度觀察，透露著山水畫家希望表達一種變動的空間觀念，故不用定點透視。

畫家作畫並不只是站在某個固定的視點來觀察與描繪特定視野之內的事物，往往是邊走邊看邊想，將對象的各個方面觀看之後，或勾描一些草圖，然後離開對象，根據形象記憶進行創作。若和西洋繪畫作一比較，可以更清楚中西繪畫在觀看方法上的差別。傳統的西洋畫重寫生，寫生時總是在特定的時間和地點，特定的距離和角度上，來觀察和描寫他視野範圍內的事物。在創作中，即便是出之於想像和虛構的構圖，畫家也總是設想他站在一個固定的地位上，對看到的事物進行描寫，以求儘可能地保持對象的形、線、光、色的眞實狀態。因而，畫面明暗和色彩的變化，也勢必受制於特定的時間與空間的客觀條件。西洋繪畫所慣用的「焦點透視」法，把一切視線都集中在一個焦點（或消失點）上，這樣，借助觀者的聯想，就能在二度空間中再現物象空間的三度性質。對透視法的遵循，使西洋畫家總是站在某一固定的點位上觀察事物，對物象的空間關係作直線的、因果律的追尋。與「焦點透視」不同，中國畫儘管仍然遵循近大遠小、近詳遠略的原則，但往往並不是企圖以某一固定的視點來描寫自然景物，這種不固定視點的方法，也就是一種「散點透視」的方法。陳兆復《中國畫研究》一書中，對「散點透視」作如下之義界：

> 所謂散點透視，是指畫家打破固定視圈的限制，將其在不同的視點上，不同的視圈內觀察所得的事物巧妙地組織在一幅畫裡，畫面有幾條不同的視平線與主點，視點就似乎在移動了，所以又稱動視點透視。（頁 23、24，台北：丹青圖書有限公司，1986 年）

其實，中國畫家早已體會與掌握焦點透視的規律，〔註 5〕但是，中國畫不因爲焦點透視的發展而取消散點透視，而是「在焦點透視發展的基礎上進一步豐富了散點透視」（陳兆復前揭書，頁 24）。因此，宗白華認爲：

〔註 5〕在中國山水畫興起之初期，南北朝畫家宗炳之〈畫山水序〉中便曾提出關於透視法的一些基本原理，其言：「誠由去之稍闊，則其見彌小」，距離越遠，所見者愈小，此爲透視學近大遠小之基本原理。此後，在唐宋畫論與作品中，關於透視法之進一步發展與提高，皆有線索可尋。傳爲王維所作的〈山水訣〉與〈山水論〉曾提及：「遠山須要低排，近樹惟宜撥進」、「遠人無目，遠樹無枝」等即是透視問題。《南宋院畫錄》中曾記載馬遠作山水有遠山低於近山者，亦足以說明宋代優秀畫家已經體會與掌握焦點透視的規律。

> 畫家以流眄的眼光綢繆於身所盤桓的形形色色。所看的不是一個透視的焦點，所採取的不是一個固定的立場，所畫出來的是具有音樂的節奏與和諧的境界。（宗白華《美從何處尋》，頁 88，台北：元山書局，1986 年）

在西方被稱爲「繪畫的哲學家」的法國現象學者梅洛龐蒂亦提及，「一個畫家的軀體，因爲其本身是視野與行動的混合」，故會爲了「一個飽和的視野」的目標而「不停止地移動來適應他對事物的透視」。（轉引自王建元《現象詮釋學與中西雄渾觀》，頁 157，台北：東大圖書公司，1988 年）總之，「遠」雖是視覺或是透視與空間的關係，但卻是使有形山水將畫者和覽者引入無形無限的精神上的「虛」、「無」、「玄」等哲學層面。關於此，徐復觀精要地總結道：

> 「遠」是山水形質的延伸。此一延伸是順著一個人的視覺，不期然而然的轉移到想像上面。由這一轉移，而使山水的形質，直接通向虛無，由有限直接通向無限；人在視覺與想像的統一中，可以明確把握到從現實中超越上去的意境。在此一意境中，山水的形質，烘托出了遠處的無。這並不是空無的無，而是作爲宇宙根源的生機生意，在漠漠中作若隱若現地躍動。而山水遠處的無，又反轉來烘托出山水的形質，乃是與宇宙相通相感的一片化機。（徐復觀《中國藝術精神》，頁 345、346，台北：學生書局，1988 年）

（二）「空白」如何展示無限境界：無畫處皆成妙境

繪畫之動人處在於整體的氣韻，而所謂氣韻，常是可感而不可見者，因此，除了畫中用來點興、啓發萬物自身世界的形現演化的「實」景，山水畫家還利用「虛」處，以成爲「實」之不可或缺的合作者。畫幅上留有空白，不會予人堵塞不通之感，有此空白處，觀者便得以在有限的畫幅上開出無限的想像空間，虛實兩者的配合，遂成爲給觀賞者帶來美感經驗的主要因素。因此，空白不是空無一物，畫中虛實交相映發，使觀者同時接受畫處所指向的「無畫處」，使「空白」此一負面空間成爲重要、積極（「無用方爲大用」），觀者美感凝注之處。空白之呈現，通明了存在之隱蔽性，在此空白的自由境地中，山水畫家能率意揮灑地與自然萬物妙契渾成，互相映照。這渾沌的空白，在作品中，便成爲審美主體與大千世界之間的一道橋樑。此乃爲一種弔詭的「離合引生」的負面辯證法（容後解說）。無畫處，不呈現什麼，在具體有畫處、實景的存在定義下，空白的自身並不具備存在意義，而其妙用正在於這種作爲不存在的後設存在，經過否定而新生肯定，竟將存在的奧秘性揭示而出，以故，曾昭旭說：

> 蓋所謂虛，乃是指一無內容的有。無內容而說之爲有者，是因它所有的只是無限的可能，「可能」並不等於無有，但又還不是已有，所以只好說之爲虛。而這蘊涵無限可能的虛，便是生命之所以爲生命的要義所在。(〈論文學中的虛〉，刊於《鵝湖》第九十八期)

清代笪重光《畫筌》則說：

> 山外清光，何處著筆？空本難圖，實景清而空景現；神無可繪，眞境逼而神境生。位置相戾，有畫處多屬贅疣；虛實相生，無畫處皆成妙境。

笪氏所說的「空本難圖，實景清而空景現；神無可繪，眞境逼而神境生」，美學意義的畫境，透露哲學意義的旨趣。「空」、「神」意味存在眞理之深奧處，亦即不可言傳的「默」境，藉「虛實相生」以成眞境，由眞境而生神境：一種絕對的「虛」、「無」。由此可知，空白不能僅視爲與實景「並列」於畫面上，而是超越於畫面之上。存在之眞理，便藉無形之空白來傳達內在無窮的含意，故空白不能單純是實景的對立，而是具有本體論意義的「默」，富有積極之深趣。蔣勳《美的沉思》即指出空白的積極意義：

> 中國藝術中的「空白」是更大的謙虛，爲了我們目前耳中所有的感覺都已是感覺的屍體，而我們要向更渺遠的地方去，那裡是感官的極限，那裡是一切新的可能。「空白」是一切，是初發，也是終了。「空白」不是沒有，而是更大的可能。(頁 109，台北：雄獅圖書股份有限公司，1986 年)

這裡指出觀者在「空白」之中的積極參與，棄絕感官的直接性，而以審美知覺將空白加以具體化，並且是無限可能地具體化。關於空白的產生及美感效果，邢光祖指出：

> 這種淡遠忽無，並不是枯槁貧血之謂，而是眞積力久，絢爛之極所反射出來的一種不琢而巧，不淘而淨，不脩而媚，不繪而工的頂上功夫，也許是靜心清心澄心明心的結果。(《邢光祖文藝論集》，頁 135，台北：大漢出版社，1977 年)

由此可知「空白」(虛)的雙重意指：既是作品的意境又是作者的精神境界，

而吾人當能推知，觀者亦必須具有此種空白心境，方能進入作品中「虛」的意境而與作者之虛心合而為一。總之，「空白」的不確定性，在美學意義上，是產生豐富的想像；在哲學意義上，是存在將被永無休止地揭示。

自以上陳述可知，「遠」與「空白」是中國山水畫的視覺形式，在此形式之中有畫家獨特的觀看之道。並且，此種觀看之道又與畫家之空間意識緊密相關。德國藝術理論家沃林格認為此乃根據於「空間恐懼」的心理，不同於西方「空間信賴」的心理。以下我們將略作此二種空間意識之比較，藉以深入理解山水畫家的空間意識。

（三）「空間恐懼」與「空間信賴」

沃林格在《抽象與移情》一書中認為，抽象藝術的心理根據為「空間恐懼」，摹倣藝術的心理根據為「空間信賴」。他所謂的「空間恐懼」亦即人們不信賴自己的視覺印象，愈是努力把握當前的空間，便感到愈難把握其原狀。沃林格認為，正是「空間恐懼」的深層心理造成了東方民族以抽象和反形似為特徵的藝術。他又指出，摹倣自然的藝術乃出於空間的信賴感，即人對自身把握三維空間的能力有充分的自信。他認為，古希臘自然主義的藝術心理就是由此出發，而這種藝術心理又經由文藝復興的強調和闡發，遂發展成為西方人以忠實地再現客觀物象為目的的審美理想。〔註 6〕事實上，沃林格所指的這兩種心理，乃根源於東西方不同的宇宙觀，因而引發西方對人為認知心的推崇，以及東方對人為認知心的限制。

西方總是把客體當成他們探究、認知、征服、超越的對象。使西方美學家、藝術家一開始便對主體把握物象空間關係的能力充滿自信。西方美術的源頭是希臘的建築和雕塑，建築的空間設置講究各種數比關係和幾何秩序自不待言，而人體雕塑中的各種秩序、比例的和諧也為希臘藝術家所孜孜追求。此種對人為認知心的推崇，是由於主體預先對對象有信心和信任的態度。在

〔註 6〕沃林格認為，抽象與摹擬藝術基於完全不同的「世界感」。抽象藝術緣於人由外在世界引起的巨大的內心不安；摹擬藝術緣於人與外在世界的圓滿關係。正因為抽象藝術內心中的不安感，於是滋生一種強烈的、尋求安定的需要，「他們在藝術中所覓求的獲取幸福的可能，……在於將外在世界的單個事物從其變化的虛假的偶然性中抽取出來，並用近乎抽象的形式使之永恆，通過這種方式，他們便在現象的流逝中尋得了安息之所」。參王才勇譯《抽象與移情》，第一章「抽象與移情」，瀋陽：遼寧人民出版社，1987 年。沃林格所謂具有永恆意義的「抽象的形式」，就中國山水畫而言，也許可以理解為事物本質之「理」。

西方人清明的邏輯和幾何秩序之中，宇宙空間陌生奇詭的幻感消失了，而這種對宇宙的秩序、比例和諧的發現，極大地堅定了人們再現物象空間關係的自信。與此相反，中國人相信宇宙是一個有生命的大化流行的整體，認爲無所不在的道體均勻地化布於世間一切，無論人之存有是否以概念和法則，或用不同概念和法則來討論它、表現它，宇宙萬物之整體生存的運動都繼續著，不因人而有所改變。以老莊思想而言，便反對以人爲概念去對渾然不分的整體宇宙現象作分化和簡化。道家一再肯定存在於概念外、語言外，具體事物自然自足、各依其性的生息演化。此種信念使人明瞭自己在萬物中所佔的位置，因而不會放眼於滔滔欲言的自我，而是「喪我」、「心齋」、「坐忘」，虛以待物，溶入自然萬象中與之化而爲一。「喪我」離棄了抽象思維加諸於人的偏差形象，便能重新擁抱原有的具體世界；「忘我」超脫成心之後，躁動不安的恐懼心理就得以解脫，心就如同澄清止水。在此，「空間恐懼」非僅不是中國人否定自然，逃避萬象之心理依據，反而成爲中國人擁抱自然、躋身大化、天人合一之內在動因。

基於以上不同的宇宙觀，畫家在藝術作品中所呈現的空間，當然有所差異，蘇丁比較西方與中國繪畫空間的差異：

1. 具體親切，由光色表現的空間與清冷虛靈，由線墨表現的空間。
2. 一往不返、馳情入幻的空間與無往不復、盤桓周旋的空間。

（參蘇丁〈「空間信賴」與「空間恐懼」——中西藝術的空間意識比較〉；收於其所編《中西文化、文學比較研究論集》，頁 344～350，重慶：重慶出版社，1988 年）

蘇丁所指中國繪畫的空間，誠如宗白華所說，是一「詩意的創造性的藝術空間」（見前引文）。事實上，中國山水畫境的時空意識及觀物態度與王維一派之自然詩具有相同的思惟模式，故常能「畫中有詩」。以下，我們將探察這種畫境中詩意的思惟模式。

第三節　畫境中詩意的思惟模式

（一）發生意義

1. 「文人畫」的影響

文人畫最大的特色是作者充分展露全面性的文藝修養，能夠重視自然以及情景交融，意識地要求突出表現自己的個性、思想和感情。基於文人畫流派的內在影響，南宋以後之畫家漸由客觀記錄景物，移轉到描寫畫家主觀情思者甚多。發展至明代，詩文甚至成爲畫面要素之一，但不破壞繪畫本身之重要性與完整性。至清代，詩文則更進一步佔有主要的畫面，凌越繪畫本身，畫家往往利用詩文之藝術性以穩定畫面，達到「詩」爲畫中景的境地。

2. 「詩題畫」的影響

所謂「詩題畫」，即是以詩爲題來作畫，如同命題作文一般。宋徽宗畫院必須考試，曾經以詩爲題來考試。如此，畫家必須運用詩的思惟模式來作畫。一般而言，詩意的追求，並沒有使南宋繪畫流於空洞抽象，反而得賴詩的烘托，自有限的畫面，配合詩情而益具神韻，宕出遠神。不止於此，降至元代，中國繪畫更於畫上題字作詩，以詩文來直接配合畫面，相互補充。

基於上列因素，李澤厚曾概括地說：

> 總之，是要求畫面表達詩意。中國詩素以含蓄爲特徵，所謂「含不盡之意見於言外」。從而山水景物畫面如何能既含蓄又準確，即恰到好處地達到這一點，便成了中心課題，成了畫師們所追求揣摩的對象。畫面的詩意追求開始成了中國山水畫的自覺的重要追求。(李澤厚《美的歷程》，頁 177，台北：元山書局，1986 年)

詩意般的思惟模式的萌芽，使中國繪畫在宋朝進入新境界。南宋以後，中國水墨的思惟方法學，便自然而然地發展至以詩的方式來造境的思惟模式。至元朝，畫家在造境上更是大量採用詩的構思法。羅青謂：

> 要知道，「語言」與「思考」，二者息息相關，相輔相成，我們在討論「繪畫語言」的發展時，如果能對文字、語言及其背後的思考模式，加以檢討，當有新的發現。(羅青〈中國水墨美學初探〉，刊於《故宮文物月刊》第四卷第十一期)

繪畫背後的思考模式是詩意的思惟模式，然而，究竟什麼是詩意的思惟模式？以下將逐步探究這個論題。

（二）本質意義

我們在本文中一再強調，藝術作品具有表現意義，其對符號的指涉意義並沒有限定作用；即，作品的表現意義並不「給定」那一種意義是符號直接的、明確的指涉。因此，作品所有指涉意義的傳達，是在聯想中完成的。進而言之，藝術作品的指涉意義呈現爲「離心」形態，作品中的各種表現媒介不是趨向於用明確的概念來界定符號的指涉意義，而往往是使指涉意義模糊，呈現出「多義」或「歧義」狀態。模糊是指焦點的游移、變化，因而藝術語言指涉意義的離心性，或許可以稱之爲「變焦現象」。〔註 7〕既然，藝術語言指涉意義的不明確是由作品的「形式」所造成的，如果我們一步去探問：到底「形式」呈現如何樣態的建構，會導致內容意義的不明確性？如果我們把藝術作品限定爲中國的「自然詩」的話，那麼，「自然詩」至少有三種形式特質，豐富了詩的審美效果：

（1）缺乏時態變化的語法

自然詩在語法表現上，通常沒有明確指出時態，也就是不分過去、現在、未來，不把詩中的經驗限指在一特定的時空。更本質地說，就是詩人意識中要表達的經驗是恆常的，所以不應把它狹隘地限制於某一特定的時空中。中國山水詩人要傳達的是一種「內在的」時間，一種心靈的時間。它的形成可以說是詩人本身視野角度的移動，將一個「目覽」的單一活動延伸到一個多面性的視覺，「使詩人在『遊目騁懷』中契入時間的內在律動，最後贏取一種雖不能涵括殆盡但卻得以極度描繪造化萬象的能力」。（王建元《現象詮釋學與中西雄渾觀》，頁 151，台北：東大圖書公司，1988 年）

（2）變動的空間觀念

詩人這種視野角度的移動，不但具有時間意義，亦兼具空間意義，因爲視點的移動，代表了位置的改變、場所的更換。這種觀看之道傳遞給山水畫家，使他們必「飽游飫看」，才能以「一管之筆擬太虛之體」，目的都是在於希望與山水的「整體」同居同處，讓視覺事象共存併發，造成「時空交錯」、「時間空間化、空間時間化」的驚異效果，而讓觀眾去觀、感「現在的眾多性」，形成瞬間經驗的美感。

〔註 7〕俞建章及葉舒憲之《符號：語言與藝術》認爲，語言的語句系統意義的「限定」功用和藝術作品系統意義的「表現」功用，直接影響這兩大類符號指涉意義的傳達。語言系統意義對於詞的限定，使詞的指涉意義有明確的、既定的傳達；藝術作品的系統意義具有表現功能，它對於符號的指涉意義沒有限定作用，作品的指涉意義事實上是不斷地被補充、被修正，甚至被誤解。語言符號的指涉意義是直接的、最終的，而藝術作品則是間接的、衍生的。參第六章「符號：系統與指涉」，頁 272～275，台北：久大文化股份有限公司，1990 年。

以上自然詩之（1）、（2）項特質，事實上乃是根源於（3）之特質。

（3）超脫了人稱代名詞，「喪我」的觀物態度

沒有限指的人稱名詞，乃是基於作家不把自我硬加於現象之上，而以事物的立場觀看事物。這種「換位」與「溶入」的觀物態度，葉維廉較清楚地指出：

> 以物觀物→物象本樣呈現→物象本身自足性→物物共存性→齊物性（即否認此物高於彼物）→是故便有了「多重角度」看事物。（葉維廉〈從比較的方法論中國詩的視境〉，刊於《中國文化復興月刊》第四卷第五期）

基於此三項的形式特質，造成了自然詩中餘味不盡的「意境」。這種藝術技法與效果，同樣在中國山水畫中存現，因此也就更能明白「詩中有畫，畫中有詩」成立的可能。以下我們將深入探究上述藝術思維如何可以在莊子哲學中找到依據，亦能藉此而彰顯莊子獨特的觀看之道與時空意識。

第四節　莊子相關「遠」與「空白」之藝術原理

（一）虛

（1）「虛」的哲學形上學

前面提及，「遠」雖然是透視與空間的關係，但卻使有形山水將畫者與覽者引入無形無限的精神上「虛」、「無」的境界。另外，「空白」此一表現形式的意義，正好在於景物的形象得以從「虛、無」騰現出來，這個「空白」，在知識論和本體論上，將不能攀及的自然世界和身所盤桓的人間世界的深意呈現出來。「遠」與「空白」二者所點興、逗發的世界，就是莊子哲學本體論意義上所謂的「虛」的境界，亦即「道」之不可言傳境界。它超越了主客對立、是非成見，依莊子之陳述便是：

> 夫道有情有信，无爲无形，可傳不可受，可得不可見。（〈大宗師〉）
>
> 視乎冥冥，聽乎无聲；冥冥之中，獨見曉焉，无色之中，獨聞和焉。故深之又深，而能精焉。（〈天地〉）

這兩段話指出，「道」（即「虛」）無爲無形、無聲無色，但卻不是死寂之空無，而是一切有之所從出，並且神化一切「有」爲「和」的狀態。足見萬有活動於「虛」之中，且因此成爲「和」的理序，具備了工夫義及境界義。

這種「虛」的哲學形上學，下開「虛」的藝術形上學，成爲中國藝術創造的基本原理。

（2）「虛」的藝術形上學

藝術家有「虛」的哲學體認，並且透過「虛者，心齋也」的修養工夫，自我能溶入渾一的宇宙現象，契入眼前事物無盡生成演化的整體律動裡，去應和萬物素樸的、自由的興發。由如此藝術式的感應而發揮的表現程序，葉維廉指出是：

> 「傾向於」非串連性的，戲劇出場的方式，任事物併發直現，保持物物間多重空間關係，避免套入先定的思維系統和結構性。（葉維廉〈語言與真實世界〉，收於《比較詩學》，頁 101，台北：東大圖書公司，1983 年）

如此，讀者亦能自由換位、改變觀點，而不只從單一的觀點去作判斷。莊子所謂「象罔而後得玄珠」的說法，吾人可理解爲就是這種不以特定的、單一的觀感角度所呈現的藝術表式，乃是「如自然現象本身呈露運化成形的方式去呈露，去結構自然」（葉維廉《飲之太和》，頁 257，台北：時報出版社，1980 年）而「遠」與「空白」亦爲如是之藝術形態，它們還同時表現出莊子「游」以及「與時俱進」的精神。

（二）遊

既然「虛」是對於人爲的一切理念贅疣所形成的否定或離棄，那麼，一旦能眞實地體認到「虛」中所蘊含的無限可能，就能如〈逍遙遊〉中的大鳥一般，騰上天空：

> 可以從容不迫地微笑著徘徊著，逍遙遊於此世間——用天空的眼光，以「無」的心境……眞正的「超越萬物」等於由天空觀點「接納萬物」。（吳光明《莊子》，頁 114，台北：東大圖書公司，1988 年）

並且大鳥之「大」，是：

> 描寫超己的魄力，適己置己於宏大環境的智慧，以處世自如的行儀。「大」者能超出現有所謂的「大己」，來更換居境（海洋、天空），更改視角（由上、由下）。（吳光明前揭書，頁 118）

由「虛」而「遊」，即是以超越的觀點而自由地調度現有的處境，不定點地觀看萬物，所謂的「不定點」（遊）是「一無特定之目的，二無特定之時空方位」

（顏崑陽《莊子藝術精神析論》第三章「莊子藝術精神之體性」，頁 166，台北：學生書局，1985 年），其本體性格是：

> （1）隨道而動，則動不離靜，靜必涵動，故往而必復，復而能往，往復如環，永無終窮；
>
> （2）隨道而動，不偏於一逝，故能周徧萬物，此之謂「無限」。
>
> （顏崑陽前揭書，頁 170）

逍遙之遊，在時間上表現「無窮」，在空間上表現「無限」，並非意味物理時間、物理空間的無窮無限，而是精神主體之心靈時空，因為觀看時是以「『神』遇，不以目視」，所謂「神」遇，正是一種獨特的心靈透視能力。由此可以得知，山水畫家也正是以「神」遇山水，故能把握對象多重面向綜合而得的整體印象。

既然，「遊」不限定特定之時空，那麼，遊者與時空的相處之道為何？

（三）與時俱進

王煜在〈道家的時間觀念〉一文中說道：

> 西方哲學往往強調時空的兩分或二分法，甚至將時與空視作互相排斥或針鋒相對，先秦哲人卻奠立了「時空融貫觀」。（收於王煜《老莊思想論集》，頁 102，台北：聯經出版事業公司，1986 年）

王煜在此指出，中國哲學中對於空間場所的知覺，實在不離對於時間的體驗。而且根據成中英〈時間與超時〉的看法，中國哲學將時間視為落實、具體的實有，不能脫離事物變易、成長與發展的過程而另成一物。換言之，抽象掛空之物、概念以及形式等等，都與時間無緣；時間一直被認為是生命脈動、創生、繁衍的現象，也是個體變衍的過程。時間在此已和事物變易轉型過程不分彼此。於是，體驗時間也就是體驗實際的變易事例，觀察時間也就是觀察世間種種主要的現象。中國傳統對空間的見解也大致如是。成中英說：

> 中國人雖不具抽象的時空概念，可是諸如《易經》以及《老子》、《莊子》等道家著作中所提出之首尾連貫、圓融成熟的萬物變易的理論，恰可補此不足。（收於成中英《知識與價值》，頁 108，台北：聯經出版事業公司，1986 年）

因此，脫離時間而獨立存在的空間向度純屬子虛烏有，即便是形上之「道」，亦「係萬有時間的總和，並不是有待超越之物，而必須予以認同、融入」（成中英前揭書，頁 109）。時間的超越如果有任何意義，就是在於將自己回歸變易之本。在道家，也就是反本、歸靜。因此，所謂超越時間，乃是在時間遷移流轉中而說超越，並非脫離時間之外而說超越。

問題討論至此，我們已經說明了，莊子藝術哲學如何可能地成爲宋以降山水畫「遠」與「空白」之藝術形式內在依據。然而，此二者既做爲「形式」，其所以能與莊子美學之思想「內容」發生連繫，在於莊子根本之思惟方式可以成爲藝術創作、形式表現之思惟模式。當然，我們如是判斷是基於「形式」之產生，其背後必蘊涵某種思惟方式，而並非只是純粹的技術而已。那麼，莊子根本之思惟方式爲何呢？

（四）「離合引生」的負面辯證法

所謂「負面」，指的是一種否定或離棄，經由否定而新生肯定，就是「離合引生」。關於這種思惟方式，葉維廉在〈無言獨化：道家美學論要〉一文中有清楚的解說：

> 所謂「離合引生」的辯證方法在表面上看來是一種否定或斷棄的行爲：説道不可以道；説語言文字是受限不足；説我們應該「無爲」，應該「無心」「無知」「無我」；我們不應言道；道是空無一物的。但事實上，這個看來似是斷棄的行爲卻是對具體的整體宇宙現象，對不受概念左右的自由世界的肯定。如此說，所謂斷棄並不是否定，而是一種新的方法，把抽象思維增加諸我們身上的種種偏減縮限的形象離棄來重新擁抱原有的具體的世界。所以，不必經過抽象思維那種封閉系統所指的「爲」，一切可以依循我們的原性完成，不必刻意地用「心」，我們可以更完全的應和那些進入我們感觸内的事物；把概念化的世界剔除，我們的胸襟完全開放、無礙，像一個沒有圓周的中心，萬物可以重新自由穿行、活躍、馳騁。很顯然地，道家所描述的應物觀物的活動必須要從這個「離合引生」的辯證方法去了解。（《飲之太和》，頁 247、248，台北：時報出版社，1980 年）

這個「離合引生」的思惟方式，也就是「作用地保存」的思惟方式。在哲學意義上，藉「心齋」、「坐忘」、「虛以待物」來體悟道之境界也就是眞知的境界；在美學意義上，這種思惟方式導致創造是去感應未受概念歪曲而湧發呈現的自然現象，呈現自然萬有，所以能成就山水畫家「遠」及「空白」的藝術形式，離棄限指，而表現不確定性的無限境界。

總結本章之論述，我們可以歸納爲幾個重點：

1. 藝術家從事藝術創作，必然蘊涵著自己的藝術理念，而最基要的追問，便是：藝術的本質爲何？

2. 自宋以降的山水畫的藝術形式中，我們發現，畫家利用「遠」以及「空白」來揭示他們的藝術理念：如何以有限的藝術表式傳達無限的境界。由於「遠」及「空白」的形成，是藉由遊移不定的步步看、面面觀的觀看方式，以及一種變動而非限定的時空意識來完成。這種看法，使我們找出畫家所可能抱持的藝術創作的形上依據，便是莊子對於藝術本質的體認，因此，我們才說山水畫中的觀看方式及時空意識是莊子藝術思想可能的具體實踐。

3. 「散點透視法」所表現出來的觀看之道，是符合莊子「遊」以及「虛以待物」的精神。而「無畫處皆成妙境」則是依據於「虛」的藝術形上學，此本源於道家「虛」的哲學。至於空間意識則不離時間意識，「時間空間化、空間時間化」的「時空融貫觀」以及在具體的萬事萬物變化中去體認時空，超越時空，亦是符合莊子時空不分及「與時俱進」的精神。

4. 由此可以發現，山水畫家所要表現的是最眞實的自然，而最眞實的自然則必須透過眞實的自我而觀得。至於最眞實的自我乃是放下一切人爲造作的動作而回到原本是自然無爲的境界，也就是「道未始有封」的狀態，於是「內在的自然」遂與「外在的自然」不可二分，而藝術之本質便在於揭示如是的存在眞理。

第七章　結　論

一、本文的回顧

經過全文的討論，對於我們原來的論題所作的回答，茲將歸結爲以下幾個論點：

（一）莊子對於「道」以及「藝術」的本質有如下的理解：「道」之本質乃是，一個精神虛靈、自然無爲的「境界」。在這個境界中，「我之眞」與「物之眞」交融合一，在此當下，存在眞理之隱蔽性被開顯而出。「藝術」之本質則是，以一個有意味的感性形式，揭示存在的眞實經驗與價值，以獲取「至美」的藝術境界。

（二）由此可以進一步說明，就表面來看，在莊子喻道的前提之下，「藝」只是作爲「道」的類比者，以便能較清楚地表述道之特質，二者似乎只具有蓋然而非必然的關聯。然而，深層來看，此類比的效益程度卻更建立於「藝」、「道」二者之本質關係上：藝術精神即是道，本質關係蘊含在整體藝術活動之個個要素中。

（三）就創作過程與修道歷程之關涉而言：修道工夫即是創作活動前之存養性情。此種養性工夫足以影響作者創作時的精神狀態以及感官知覺的運作狀態，乃至美感經驗的獲致以及偉大藝術品的造就。因此，「修養論」同爲莊子道論及藝術哲學之核心。

（四）就詮釋原則與體道原理之關涉而言：二者之終極目的皆在於「文本」意義的獲取（因「道」亦可視爲一「文本」）。此意義則是不斷地經過「得意」←→「忘言」的循環系統，漸漸逼近而得，故意義的詮釋乃爲開放性。並且，必須具有「默會致知」的綜悟統攝能力，以整體地保握文本意義。

（五）就作品與道之意境的關涉而言：作品之氣韻生動即是道之境界的具象化，觀者藉著「澄懷味象」以感悟道不可言傳之境界；作品之氣韻則是透過形式來傳達，而形式所包含的思惟模式與道本身之性格亦相一致。以中國山水畫中「遠」與「空白」的藝術形式爲例，其所包含的觀看方式及空間意識可以內在根據於莊子「虛」的態度、「遊」的精神以及時空融貫觀。

二、幾個問題的反省

莊子「技進於道」的藝術哲學，在歷史發展中經由不同時代的理解與詮釋，不斷地生成意義，於是從莊子原理性的啓發語言中，逐漸構成一定的論點。這些論點與莊子之本義的關係，我們在文中雖無詳盡之討論，卻作了線索式地交代。不過，在這些線索中，也隱含了一些有待思考及解決的問題：

1. 莊子以「作者之眞」爲藝術創作之樞紐地位，後世藝術思想因而極度重視作者的心性修養，形成「人格與風格必然統一」的創作論；文藝批評者則往往作「傳記式」的追迹。然而，莊子之初衷似乎只是強調：創作的「行爲」意義對於形成「優劣」作品的影響。「優劣」已涉及評價，而「風格」在某個程度上只是「描述」，不同作品有不同風格，尙不必論及「優劣」。那麼，二者之間的連繫如何建立而成，以及在那一個層次上有交涉溝通之可能，則有待探究。

2. 莊子對於「默會致知」的重視，後世藝術思想因而強調作品之言外意、畫外意，因而形成作品之中「默」（「空白」）的藝術形式。乃至文藝批評亦講求「言不盡意」，而形成所謂「印象式批評」之性格。然而，從「印象式」的批評用語看來，其造詞特色往往極類於莊子之語言風格。由此推測，這種特色不惟關涉到莊子「默會致知」之藝術觀，似乎還攸關到他特殊的表意方式及詞語風格。那麼，二者之間的連繫程度，則有待探究。

3. 我們一再說明，藝術品的形式與內容當不可二分，形式亦包含主體的思惟方式，而此思惟方式不會背離內容所屬的思惟模式。所以，取擇某種藝術形式來傳達意念，必然也受內容所限制。反之，內容可以傳達到何種程度，亦受形式所限制，二者乃爲相互制約。那麼，吾人在體悟蘊含道家式氣韻的藝術作品之同時，似乎不應忽視作品中視覺模式的思維成分與道家所可能發生連繫之處。至於，氣韻與形式之間相應的程度，亦有待探索。

4. 以「形神」問題爲例，莊子原來是以「神」包攝「形」而達至形神相融之境地；而後世藝術思想卻引發形神之辯，將莊子的「包含」關係轉變爲「對立」關係。這種型態之爭，尚有「言意」、「虛實」等等之辯。至於二者之間的發展關係，與哲學上「名教」與「自然」之辯，是否有類似之處，亦值得再深入研究。

5. 莊子「技進於道」的思想，是哲學與美學統一的結果：藝術的意義根源於道之意義，是爲「形上美學」。這種藝術哲學的特殊性格，我們認爲對於藝術將來的方向仍有一定的啓發作用。現代藝術宣稱：藝術不是要說什麼，而是以什麼方式說、如何說的問題；「主要的不是自然色彩中的紅色，而是色彩如何在觀者眼中產生變化。重點不再落在實體上，卻在生成與變化間。色彩因而獲得嶄新的生命，它不受限定，隨時隨地不同」、「這世界的色彩亦未固定，不妨按各種方式加以闡釋」。（沃爾夫林《藝術史的原則》，頁 73、74，台北：雄獅圖書股份有限公司，1989 年）而在莊子的思想中，道的意義是建立在「作用」上，亦即爲「如何」的問題，並且反對以固定的視點來觀物。此種思想可做爲藝術之形上依據，乃使藝術之創作有多種可能。由此看來，「技進於道」的藝術哲學與現代藝術似乎不全然對立或無干，至於二者溝通的程度便值得深入研究了。

6. 最後，是對於本論文之研究的反省。讀者最大的質疑可能是本文有關莊子「技進於道」的藝術哲學對於後世之「影響」的觀點，恐有過度「簡化」之嫌。我們的說明是，要素之間「影響」的確認，本來就不是清晰可指的。《莊子》文本意義的傳達也不可能作簡單的直線發展，「意義」在實際發展的過程中乃是作不斷地進與退、顯與隱、正與偏的運動，我們無意去簡化此中的複雜性。本論文意在諸多影響因素中，試圖找尋根源性、或較能解釋的理由，至於其他可能的因素以及與本文所提出的因素有交互指涉者，則仍有待進一步探究了。

參考書目

一、古代典籍

1. 《莊子注》，郭象注，藝文印書館，未註明出版日期，台北。
2. 《莊子疏》，成玄英疏，藝文印書館，未註明出版日期，台北。
3. 《莊子集釋》，郭慶藩輯，漢京文化事業有限公司，1983年初版，台北。
4. 《莊子校釋》，王叔岷校釋，台聯國風出版社，1972年初版，台北。
5. 《老子周易王弼注校釋》，樓宇烈校釋，華正書局，1983年9月初版，台北。
6. 《淮南鴻烈集解》，劉文典撰，文史哲出版社，1985年9月再版，台北。
7. 《中論》，徐幹著，中國子學名著集成編印基金會，1978年12月初版，台北。
8. 《虞祕監・筆髓論》，虞世南著，張壽鏞輯，收於四明叢書第一集第一冊，楊家駱主編，中國文化學院出版社，1964年3月初版，台北。
9. 《白居易集》，白居易著，里仁書局，1980年10月，台北。
10. 《歐陽修全集》，歐陽修著，世界書局，1988年6月四版，台北。
11. 《敝帚稿略》，包恢著，收於文淵閣四庫全書，臺灣商務印書館，1985年9月初版，台北。
12. 《張載集》，張載著，漢京文化事業有限公司，1983年9月初版，台北。

二、現代學術論著

二之一

1. 《莊子內篇譯解和批判》，關鋒著，中華書局，1961年6月初版，北京。
2. 《莊子讀本》，黃錦鋐註譯，三民書局，1985年9月五版，台北。

3. 《老莊思想論集》，王煜著，聯經出版事業公司，1986年1月第二次印行，台北。
4. 《莊子》，吳光明著，東大圖書公司，1988年2月初版，台北。
5. 《莊子藝術精神析論》，顏崑陽著，學生書局，1985年7月初版，台北。
6. 《莊子的寓言世界》，顏崑陽著，尚友出版社，1982年2月初版，台北。
7. 《莊子與現代主義》，張石著，河北人民出版社，1989年8月第一版，北京。

二之二

1. 《中國人生哲學》，方東美著，黎明文化事業公司，1983年12月四版，台北。
2. 《才性與玄理》，牟宗三著，學生書局，1985年4月修訂七版，台北。
3. 《智的直覺與中國哲學》，牟宗三著，學生書局，1987年6月四版，台北。
4. 《中國哲學十九講》，牟宗三著，學生書局，1986年10月第二次印刷，台北。
5. 《圓善論》，牟宗三著，學生書局，1985年7月初版，台北。
6. 《心體與性體（一）》，牟宗三著，正中書局，1987年5月第七次印行，台北。
7. 《中國哲學原論》（導論篇）（原道篇・卷一），唐君毅著，學生書局，1986年10月全集校訂版，台北。
8. 《中國人性論史》，徐復觀著，臺灣商務印書館，1987年3月八版，台北。
9. 《中國哲學史（第一卷）》，勞思光著，三民書局，1987年10月增訂三版，台北。

二之三

1. 《中國畫論類編》，俞崑編著，華正書局，1984年10月初版，台北。
2. 《畫論叢刊》，于安瀾編，中華書局，1977年8月初版，香港。
3. 《中國繪畫史》，高居瀚著，李渝譯，雄獅圖書股份有限公司，1989年3月四版，台北。
4. 《中國繪畫史（上）》，鈴木敬著，魏美月譯，國立故宮博物院，1987年4月初版，台北。
5. 《中國藝術精神》，徐復觀著，學生書局，1988年1月第十次印刷，台北。
6. 《中國美學史》，李澤厚、劉綱紀著，谷風出版社，未詳出版日期，台北。
7. 《中國美學史大綱》，葉朗著，滄浪出版社，1986年9月，台北。
8. 《中國美學思想史（第一卷）》，敏澤著，齊魯書社，1989年8月第二次印刷，濟南。

9. 《藝術史與藝術批評》，郭繼生著，書林出版有限公司，1990 年 10 月初版，台北。
10. 《美從何處尋》，宗白華著，元山書局，1986 年初版，台北。
11. 《美的歷程》，李澤厚著，元山書局，1986 年初版，台北。
12. 《美的沉思》，蔣勳著，雄獅圖書股份有限公司，1986 年 3 月二版，台北。
13. 《古代中國人的美意識》，笠原仲二著，魏常海譯，北京大學出版社，1987 年 12 月第一次印刷，北京。
14. 《中國古代美學範疇》，曾祖蔭著，木鐸出版社，1987 年 7 月初版，台北。
15. 《神與物游》，成復旺著，中國人民出版社，1989 年 5 月初版，北京。
16. 《中國畫研究》，陳兆復著，丹青圖書有限公司，1986 年 3 月台一版，台北。
17. 《藝術哲學》，劉綱紀著，湖北人民出版社，1987 年 6 月第二次印刷，武漢。
18. 《美學與哲學》，M．杜夫海納著，孫非、陳榮生合譯，中國社會科學出版社，1985 年 5 月初版，北京。
19. 《美學史》，凱．埃．吉爾伯特、赫．庫恩合著，夏乾丰譯，上海譯文出版社，1989 年 10 月初版，上海。
20. 《藝術史的原則》，H．沃爾夫林著，曾雅雲譯，雄獅圖書股份有限公司，1989 年 10 月再版，台北。
21. 《西洋六大美學理念史》，Wtadystaw Tatarkiewicz 著，丹青圖書有限公司，1987 年 7 月初版，台北。
22. 《西方美學導論》，劉昌元著，聯經出版事業公司，1987 年 8 月修訂再版，台北。
23. 《當代西方美學》，朱荻著，谷風出版社，1988 年 12 月台第一版，台北。
24. 《西方學者眼中的西方現代美學》，王魯湘等著，北京大學出版社，1987 年 10 月第一版，北京。
25. 《當代美學》，M．李普曼編，鄧鵬譯，光明日報出版社，1987 年 5 月第二次印刷，北京。
26. 《當代美學思潮述評》，李興武著，遼寧人民出版社，1989 年 7 月初版，瀋陽。
27. 《當代西方藝術文化學》，羅務恆著，北京大學出版社，1988 年 7 月初版，北京。
28. 《形上美學導言》，史作檉著，仰哲出版社，1988 年 7 月再版，台北。
29. 《存在主義美學》，今道友信等著，黃鄂譯，結構群出版社，1989 年 11 月初版，台北。
30. 《審美心理描述》，滕守堯著，漢京文化事業有限公司，1987 年 3 月初版，台北。

31. 《二十世紀西方美學名著選》，蔣孔陽主編，復旦大學出版社，1988 年 1 月初版，上海。
32. 《邢光祖文藝論集》，邢光祖著，大漢出版社，1977 年，台北。
33. 《詩論》，朱光潛著，漢京文化事業有限公司，1982 年 11 月初版，台北。

二之四

1. 《眞理與方法》，H．G．伽爾默爾著，王才勇譯，遼寧人民出版社，1987 年八初版，瀋陽。
2. 《解釋學簡論》，高宣揚著，遠流出版公司，1989 年 6 月初版，台北。
3. 《意義》，M．博蘭尼、H．蒲洛施合著，彭淮棟譯，聯經出版事業公司，1986 年 4 月第二次印行，台北。
4. 《意義的探究》，張汝綸著，谷風出版社，1988 年 5 月初版，台北。
5. 《意義的瞬間生成》，王一川著，山東文藝出版社，1988 年 3 月初版，濟南。
6. 《現象詮釋學與中西雄渾觀》，王建元著，東大圖書公司，1988 年 2 月初版，台北。
7. 《李克爾的解釋學》，高宣揚著，遠流出版公司，1990 年 6 初版，台北。
8. 《解構批評論集》，廖炳惠著，東大圖書公司，1985 年 5 月初版，台北。
9. 《人文科學的邏輯》，E．卡西勒著，關子尹譯，聯經出版事業公司，1989 年 5 月第二次印行，台北。
10. 《語言與神話》，E．卡西勒著，于曉等譯，桂冠圖書公司，1990 年 8 月初版，台北。
11. 《人論》，E．卡西勒著，結構群審譯，結構群出版社，1989 年 9 月初版，台北。
12. 《視覺思維》，阿恩海姆著，滕守堯譯，光明日報出版社，1987 年 7 月第二次印刷，北京。
13. 《藝術與視知覺》，阿恩海姆著，滕守堯、朱疆源合譯，中國社會科學出版社，1987 年 3 月第三次印刷，北京。
14. 《抽象與移情》，W．沃林格著，王才勇譯，遼寧人民出版社，1987 年 8 月第一版，瀋陽。
15. 《普通語言學教程》，索緒爾著，沙．巴利、阿．薛施藹合編，弘文館出版社，1985 年 7 月初版，台北。
16. 《語言哲學》，黃宣範著，文鶴出版有限公司，1983 年 7 月初版，台北。
17. 《符號：語言與藝術》，俞建章、葉舒憲著，久大文化股份有限公司，1990 年 5 月初版，台北。
18. 《結構主義與符號學》，T．霍克思著，陳永寬譯，南方叢書出版社，1988

年 3 月初版，台北。

19. 《語言與文學空間》，簡政珍著，漢光文化事業有限公司，1989 年 2 月初版，台北。
20. 《道家思想與中國古代文學理論》，滚緒邦著，北京師範學院出版社，1988 年 11 月初版，北京。
21. 《比較詩學》，葉維廉著，東大圖書公司，1983 年 2 月初版，台北。
22. 《當代文學理論》，T．伊格頓著，鍾嘉文譯，南方叢書出版社，1988 年 1 月初版，台北。
23. 《現象學與文學》，R．馬格廖拉著，周寧譯，春風文藝出版社，1988 年 7 月初版，瀋陽。
24. 《野性的思維》，李維．史特勞斯著，李幼蒸譯，聯經出版事業公司，1989 年 5 月初版，台北。
25. 《歷史與思考》，吳光明著，聯經出版事業公司，1991 年 9 月初版，台北。
26. 《理則學》，鄔昆如等著，黎明文化事業公司，1988 年 9 月五版，台北。
27. 《中國哲學辭典》，韋政通著，大林出版社，1982 年 3 月三版，台北。
28. 《美學百科辭典》，竹內敏雄編，池學鎮譯，黑龍江人民出版社，1987 年 7 月初版，哈爾濱。
29. 《西洋哲學辭典》，布魯格編著，項退結編譯，先知出版社，1976 年 10 月初版，台北。

三、期刊論文

1. 〈從莊子「魚樂」論道家「物我合一」的藝術境界及其所關涉諸問題〉，顏崑陽著，收於《中國美學論集》，南天書局有限公司，1987 年 11 月初版，台北。
2. 〈論先秦儒家美學的中心觀念與衍生意義〉，顏崑陽著，刊於《文學與美學》論文集第三集，文史哲出版社，1990 年初版，台北。
3. 〈無言獨化：道家美學論要〉收於《飲之太和》，葉維廉著，時報出版社，1980 年 1 月初版，台北。
4. 〈莊子論美〉，沈清松著，刊於《東方雜誌》復刊第二十三卷第八期。
5. 〈提煉、玩味、與莊惠魚樂〉，吳光明著，刊於《哲學與文化》第十六卷第五期。
6. 〈《莊子》中的詮釋觀〉，王建元著，刊於《當代》第七十一期。
7. 〈莊子人學二題〉，邵漢明著，刊於《哲學與文化》第十八卷第一期。
8. 〈形上學序論〉，劉述先著，刊於《中華文化復興月刊》第八卷第四期。
9. 〈論中西哲學問題之不同〉，唐君毅著，收於《中西哲學思想之比較論集》，學生書局，1988 年 7 月全集校訂版，台北。

10. 〈從本體詮釋學看中西文化異同〉，成中英著，收於《中西文化比較研究》，三聯書店，1988 年 12 月初版，北京。
11. 〈哲學沉默的意義：有關中國思想中語言使用的一些看法〉，唐力權著，賴顯邦譯，刊於《哲學與文化》第十四卷第七期。
12. 〈佛道的語言觀與矛盾語〉，錢新祖著，刊於《當代》第十一期。
13. 〈莊子語言哲學初考〉，沈清松著，刊於《國際中國哲學研討會論文集》，台灣大學哲學系，1985 年 11 月初版，台北。
14. 〈莊子的語言哲學及其表意方式〉，林鎮國著，刊於《幼獅月刊》第四十七卷第五期。
15. 〈解結構之道：德希達與莊子比較研究〉，奚密著，刊於《中外文學》第十一卷第六期。
16. 〈理性的四個層次〉，沈清松著，刊於《哲學與文化》第十六卷第一期。
17. 〈「存有者」的類比概念之探微〉（上）、（下），曾仰如著，刊於《哲學與文化》第十三卷第七期。
18. 〈當代文學理論的主要課題〉，蔡源煌著，收於《當代文學論集》，書林出版有限公司，1986 年 8 月初版，台北。
19. 〈賦彩製形——傳統美學思想與藝術批評〉，石守謙著，收於《美感與造形》，聯經出版事業公司，1990 年 2 月第六次印行，台北。
20. 〈中國水墨美學初探〉，羅青著，刊於《故宮文物月刊》第四卷第十一期。
21. 〈山水畫墨法新探（五）——元明以降之墨法發展〉，劉芳如著，刊於《故宮文物月刊》第五卷第八期。
22. 〈中國山水畫的「六遠」〉，王伯敏著，刊於《中國畫》1982 年 1 月第二期。
23. 〈從虛實論看中國古代文藝理論的性格〉，岑溢成著，刊於《當代》第四十六期。
24. 〈無畫處皆成妙境〉，張清治著，刊於《故宮文物月刊》第二卷第四期。
25. 〈論文學之虛〉，曾昭旭著，刊於《鵝湖》第九十八期。
26. 〈中國畫的構圖研究〉，李霖燦著，刊於《故宮季刊》第五卷第三期。
27. 〈中西繪畫空間表現法的比較〉，袁金塔著，刊於《藝壇》一六〇、一六一期。
28. 〈中國山水畫構圖中視點移動的分析研究〉，林田壽著，刊於《新竹師專學報》第十二期。
29. 〈時間與超時——希臘人與中國人的觀點〉，成中英著，收於《知識與價值》，聯經出版事業公司，1986 年 7 月初版，台北。
30. 〈中國詩中的時間、空間與自我〉，劉若愚著，陳淑敏譯，刊於《書目季刊》第二十卷第三期。

31. 〈「空間信賴」與「空間恐懼」——中西藝術的空間意識比較〉，蘇丁著，收於《中西文化、文學比較研究論集》，重慶出版社，1988年2月初版，重慶。

32. 〈通感〉，錢鍾書著，收於《七綴集》，書林出版有限公司，1990年5月初版，台北。

33. 〈公案·紫藤與非理性〉，錢新祖著，刊於《當代》第二十六期。